金子的启示

丁耶诗歌选

丁耶 ◎ 著

长春出版社

全国百佳图书出版单位

图书在版编目（CIP）数据

金子的启示：丁耶诗歌选 / 丁耶著. —— 长春：长
春出版社, 2025. 1. —— ISBN 978-7-5445-7607-9

Ⅰ. I227

中国国家版本馆CIP数据核字第2024954QY3号

金子的启示——丁耶诗歌选

著　　者　丁　耶
责任编辑　高　静
封面设计　宁荣刚

出版发行　长春出版社
总 编 室　0431-88563443
市场营销　0431-88561180
网络营销　0431-88587345
地　　址　吉林省长春市南关区长春大街309号
邮　　编　130041
网　　址　www.cccbs.net

制　　版　长春出版社美术设计制作中心
印　　刷　长春天行健印刷有限公司

开　　本　880mm×1230mm　1/32
字　　数　248千字
印　　张　11.5
版　　次　2025年1月第1版
印　　次　2025年1月第1次印刷
定　　价　59.80元

致 丁 耶（代序）

公 木

你让我读一读，我读了：你的这些诗稿，你的这些青年时期的诗稿。熏黄变脆的剪贴，残破凌乱的抄本，显示出它们已经经历过时代的风风雨雨。你让我读一读，我读了，是在病榻上，违反着医嘱，隐瞒着护理来读的。读诗，会给我以快乐。灾荒年会疗饥，潦倒日会消愁，寂寞时会解闷，卧病期间会止痛提神。你的这些诗稿，对我是有显著疗效的。它们把我吸引到遥远的年代去了。

这些诗稿，大部分写作于 1943 年到 1947 年间，大约正是你 20 岁前后吧。忘记是听谁说过的了，好像是何其芳同志，据说每个 19 岁的青年都是诗人。而那年月，就整个中国来看，则是度过了漫漫长夜，适逢由子夜到黎明，东方蒙蒙亮，已遥闻到雄鸡喔喔啼晓了。可是黎明前的寒潮仍在使着每一个稚弱而又敏感的心灵瑟缩颤抖。我从你的这些诗稿里，似乎听到甚至看到一颗天真的心在跳动，它是应和着遥远的喔喔啼晓声的韵律而跳动的啊！

这是些唱在黎明前寒潮中的散歌和长调。

王肯同志说，你这近 40 年来的作品，没有一篇赶得上《外祖父的天下》。你自己也说，这些年来，吹的是唢呐，敲的是手鼓，再也唱不出"那弹弓呵／射落过鸟／也射落过星星"(《童年挽歌》) 那样牧歌式的诗句了。是呵，既然已经为童年唱过挽歌，尽管永久不失赤子之心，可是再现童年的稚气和魅力，是办不到了，正如风和日丽过午天，再寻清晨小草上的露珠，是不可能了。

这无须怅惘。江河总是越流越宽阔，人生总是越过越丰富。生逢我们这一辈人，经历新中国成立的艰辛，是一条大道，是一条规律，或迟或早，都要这样走过的，即使途径不同，走法各异，都是这样走过来的，依我看，《鸭绿江上的木帮》还是更成熟、更老练，比起《外祖父的天下》来，更耐咀嚼一些。姜是老的辣，酒是陈的香。常言道：陈交成道义，辣手著文章。年过花甲，饱经风霜，吹皱了脸皮，染白了须发，偶然翻腾出少年时的相片，便格外觉得亲切，是极自然的。回忆，即使是酸的、甚至是苦的，也带几分甜味儿。不过，人的两只眼睛既然生在脸面上，总是朝前看的。我希望你还是顺着《白玉的基石》《辽河之歌》《鸭绿江上的木帮》这条路走下去。是爬山，有崎岖；会当凌最巅，一览穷千古；坐掸彩霞飞，笑扶红日曙。

当然,19 岁是永远值得珍惜的。王肯同志为什么把你的《外祖父的天下》视作压卷，你自己也感到近几十年来仿佛少了点什么，这是怎么回事？来到解放区，进入新中国，一步跨过一个时代。难道沐浴在灿烂的阳光里，反倒赶不上踟蹰在朦胧中，更多激情、更富诗意吗？按理不应该是这样。而往往只像是这样。不只你一人，凡是从梦境中走到革命阵营来的诗人，往往都是这样。这怎么解释呢？很复杂，一言难尽。普列汉诺夫论民粹派的作品时曾指出：在某些文学新兴时期，常常是思想内容压倒了表现形式。这种现象我们也许曾经呈现过，热诚的"歌唱"，情不自禁地变成"鼓吹"了。你不是自嘲过成为"吹鼓手"了吗？这可以算是一种解释吧。但是，不能责怪"理性"："意犹帅也，无帅之兵，谓之乌合"。难道诗歌能够排斥思考与议论吗？难道认识会有损于艺术吗？决然不是。问题在于"理性"的灯笼高张，似乎是把现实照亮了，其实是只照亮了方寸，倒驱走了憧憬与向往——而这些原本是诗的灵魂。在你青年时期的作品中，正如你现在让我读一读后，倒是洋溢着这种特质。它们写在"秋天／无耻的收割者／在挥动他们的镰呢／充实他们血腥的仓库"，而就在这同时，你已瞭望见"在远方／仿佛已经是春天／遍开了血的花朵……"（《秋天》）这种品性，在"理性"之光烛照下所唱的颂歌中是比较缺少的。我想是这样，不知你以为然否？

等到正式印出来，我还想再好好读读，现在这个剪贴本和手抄稿，看起来很吃力，何况还要违反着医嘱，隐瞒着护理，就算了吧。写着也费劲，不知道话说明白了没有。

1984 年 10 月 15 日

目　录

一、童年挽歌

童年挽歌

玩兴正浓的时节，
我便抛弃我那银色的弹弓，
那弹弓呵，
射落过鸟，
也射落过星星……

尚需要母亲责骂的年纪，
便出走遥远陌生的城。
从此骨血的疼爱，
我忘怀了，
也不知故乡的河岸，
如今又出生了多少奇异的
花草和秋虫……

在异乡，
我在陌生的手里长大，
衣裤穿短了，
鞋子漏了洞，
我赤着脚，
在祖国破碎的河山上，
印下我苦难的行踪……

饥寒的冬日，
野蛮的食欲像魔鬼一样，
使我卖去单衣，
需要单衣的时节，我又把棉衣送进了当铺；

我也曾在闲人掌声中举起巨石，
为斗一句气话，
和人家赌赛食量，因此害了一场恶病，
病中第一次想起了家……

为扫除孩提的烦恼，
我闯进过成年人消愁的酒店，

痛苦的咳嗽，
甚至流泪，
为学习吸烟……

在寂寞的春日，
我爱上一个异乡的少女，
雪片的信笺寄去我给情人的话，
为赶赴一个心跳的幽会，
梳光我荒草般的头发……

从此我被逐出童年的王国，
变成个懦夫，
脸上失去打童架的伤痕，
不再因为一个游伴的遭辱，
从邻居调兵马……

在长江边，
我也曾同伙伴们
辩论过一个不可捉摸的人生，
人活着为什么？

我们又活在人的脚下，

而在我们脚下

还踏着更可怜的人群……

为了混社会，

我学会了一半圆滑，

又去讽刺另一半圆滑，

我知道如何会讨人家喜欢，

但又不甘心去说一句谎话。

1943 — 1946 年 9 月，四川白沙

母亲的声音

母亲的声音，
是人间最平和的音乐。

儿时，在美孚油灯下，
母亲做针黹，
轻轻拍我入睡。
当她的声音，
低得不能再低的时候，
我便睡了。

在乡下，
母亲的声音，
围绕着鸡鸣后的锅灶，

轻轻地怨骂着，
雨天的山柴不好烧。

在城市，
父亲失业而且生病了。
母亲的声音，
问遍了空箱子，
空柜子，
空的钱包……

从此，
母亲的声音，
渐渐地怒了
怒了……

1945 年，于重庆

给　父　亲

你的眼睛快要失明了，
希望能在失明之前，
看到你的儿子……

在我的印象里，
你还是我
童年的父亲。

那矮矮的身段，
那永远被人鄙夷和俯视的身段；
那永带着笑脸和仰望着别人的
身段啊！
仅仅对着我你皱着眉头，

保持一个做父亲的尊严!

谁不称道你好脾气呢!
机关里,
换过七个上司,
而你还能保持那个卑微的文书的职位!

那时候,
我还没有办公桌高,
跷着脚,
看你把头埋在一大堆文件里,
抄写蝇头小字。
写痛了眼睛,
弯酸了腰,
而你桌上的文件却没有减少!

就是空闲了,
你还要用那样惊人的耐性,
去坐完下班前最后的一分钟。
有时把我喊在桌角上,

递给我一张写坏的十行纸，

和一支你写秃尖了的笔，

逼我练小字，

我写累了，要偷偷溜掉，

你愤怒地拧起眉头，

骂我：

"将来饿死！"

而你忽然又慌张地站起来，

微笑着，

笑得那样的谦卑；

因为，在我的身后，

出现你那威严的上司！

（他慈和地抚摸我的头，我把

脖子硬成一根铁柱子啊！）

到了月底，

发了薪水，

你一个不少地带回家，

一五一十地数给妈，

一边谈论着孩子们长大，念书；

在你高兴的时候，

甚至于扯到你最小儿子的婚事。

当我离开你的时候，

（这时你仍保持着那卑微的文书

的职务）

你在我的行李内，

放了几管狼毫笔，

和几家小字帖；

好使你的儿子，

忠实地继承着，

你的工作和你的命运！

战争的第三年，

也是我离开家的第三年，

接到你的一封长信，

用恼怒的语言告诉我：

关于你十年来存在银行里微少

的积蓄已经"毛光了"。

你痛心地责骂我，
仿佛这一切的不幸
都是因为多那六十分的成绩
和更坏的操行。

我读到你的来信，
像读着罪状，
用手护住我的头，
去抗拒着你，
可能从信里突然伸来的手掌！

你最后的这封信，
却变得温和又乞求于怜悯，
用叹息的声音，
诉说你的腰病犯了，
你的眼睛要失明了，
希望能在失明之前，
看到你的儿子……

噢！我的父亲

你曾为追求新的理想，
反抗过你的父亲，
放弃了一个地主儿子的命运，
到都市去工作。
而都市，
却使你失去了新的理想，
最后因为家庭的拖累，
你不能再进展一步。
于是
把希望都放在你儿子的身上，
并且信赖着都市的银行。

战争毁灭了你全部的财产，
眼病又逼你弃下了工作，
现在你寄食在任何一个相识者的家里，
你离不开，也不想离开那座
正被仇恨和饥饿封锁的大城。
天天，
被刺刀和谎话安慰着啊！
我的父亲！

你的儿子，

却被更新的理想鼓舞着，

被远方的爆炸声，

（也许就是来自你们那座城的外围）

所兴奋起来，

睁开燃烧的眼睛……

我的父亲！

我的父亲！

选自 1947 年天津日报副刊

弟弟的肖像

从远方
寄来弟弟的像，
大手大脚的，无礼貌的样子，
他恐怕又不会讨人家欢喜。

原来
父亲恭顺的态度
他没有继承！
在他的浓眉下锁着乌云、怒气，
那我知道
他是要伸展父亲一生的委屈……

我看着弟弟的像

从像里更抒情地照出

我自己的影子……

1945 年，于重庆

口　袋

我希冀着，

希冀着，

有那么样的一天；

我不再苦心修补着

我那破漏的口袋了，

漏了就漏了；

漏去我的贪婪和

自私……

1946 年

无　花　果

没有美丽的童年，

没有开放着幻想

和梦的花朵。

生命耐过冬日的贫穷

和寒冷，

尝尽春泥的苦涩。

把希望，

智慧，

和全生命的力，

去酿造甘美的无花果。

　　　　1946 年发在安徽日报副刊

二、故乡的车马

故乡的车马

我怀念着故乡的车马，
我离开那里愈久愈加倍地怀念，
遥遥送上我亲切的祝福：
"车行千里路
人马保平安……"

我记得十二年前，
车马走在故乡春雨泥泞的路上：
往田里送粪，
或者两个村庄在送嫁迎亲，
一路上小喇叭吹得嘀嘀嗒嗒，
欢乐而又凄切呀！

秋天，
车轮满载着谷穗回家，
车伙子摇着鞭儿唱着：
"八月里，
秋风凉，
三场白露两场霜……"
无论是好年头坏年头，
都要把粮食装在马车上，
像送女儿远嫁似的
嫁给那有钱有势的城池，
而一路呵，
北风哭送着，
像送葬吹的唢呐……

车辆震撼着冬日凋零的林子，
惊飞了林间栖息的寒鸦，
故乡，
并不是不饥饿呀！
所经过的村庄哪一个不贫穷呢！
然而，

寒冷无衣的故乡要生活，
是不能全靠着粮食！

车马呀！
翻过大雪封住的山岭，
要为故乡闯一条生活的出路，
在陡起的坡路上，
滚动着那几乎倒转的车轮，
痛敲着那屡次滑跌的马蹄，
皮鞭粗暴地跳跃在牲口的背上，
绳索
被拉成棍子，
被拉断了！
车伙子的喉咙
像山老鸹的嗓子，
翻着兽语……
挣扎在生与死的"分水岭"头。

辕马失了前蹄，
车轮切断了人的腰身！

或者
人和车，
牲口和皮鞭，
一齐摔下山涧去！
粉碎了故乡冬日欢笑的梦……

就是这些车马呀！
负载着，
故乡生活的重担，
就是这车轮在旋转着岁月的苦难，
轧出血迹来而又不断地滚向前去，
就是这带着农民永久新鲜血迹的轮子，
深深地陷下去而又挣扎着拖出来，
继续走着历史的覆辙。

鞭子，牲口，
车和血迹不干的轮子
输送着故乡人民的希望，苦痛，眼泪……
走在大洋河的冰上
——冰随时有破裂的危险！

走在分水岭头

——岭随时会使人马俱亡！

走在平原上

——平原是最易翻车的地方……

它们，

负载着痛苦的年代而来，

又负载着痛苦的年代而去，

年年是泥泞的路呵！

年年是大雪封山岗……

听说故乡的车马，

已走上了最后一段艰苦的道路，

滚动着战斗的车轮，

以粉身碎骨的姿态滚过，

从黑夜到黎明，

从奴隶到主人的历程。

给自己的战场上的兄弟

运送子弹，粮食，寒衣……

又载回来胜利品，

以及自己和敌人的受伤的兄弟……

就这样的

滚动着，

继续的滚动着呀！

迎接故乡新的命运。

迎接那

有蒸汽机的轮子，

有内燃机的轮子，

有锯齿的轮子，

有电火的轮子，

有马达和翅膀的轮子，

而且那些轮子呀！

也正在经过战斗的血的历程，

闪电般地向故乡滚来！

1947 年，载于上海《文艺复兴》

公 粮 道

鸡一叫，
天不早，
小闹沟里闹吵吵，
急性小伙子睡不着觉，
披上老羊皮袄就把车套：

"走山道，
说八十准有一百冒，
岭滑，车沉，还刮老烟炮；
路远，坡陡，车要早上道，
送公粮要落在大家屁股后，
人家不笑咱，咱也怪害臊！"

车装得比哪回都沉，
人起得比哪回都早，
骡子喂得比哪回都饱，
收成啊比哪年都好！

牲口哪回也舍不得用鞭子抽，
暗是怕累着牲口，
明面说怕费鞭鞘；
这回是送公粮啊！
可顾不得那么多了；
鞭子老在牲口背上跳，
哪个也不是傻小子，
送公粮谁不想争个头车跑？

上坡道长，
下坡道少，
山越爬越高，
鞭子抽得满山叫。
人冒汗，
马像洗过澡，

棍子棒子都硬不过牲口套，
牲口肚皮快贴在地皮上了！

车越赶越多了，
大闹沟的车，
紧跟着小闹沟车的屁股后跑。
后车看不清前车影，
前车听不清后车叫，
前前后后都是老烟炮，
前前后后真热闹，
就是看不到！

要过岭，
先用鞭子叫，
岭那边的车马你听着：
"不管你重车跑，
还是空车跑；
不管你车多，
还是车少；
我们是山里来的公粮车，

快快闪开公粮道！"

岭那边的车马也用鞭子往回叫，
回的也是公粮车、公粮号，
车上拉满新农具，
送完公粮往回跑，
都是因为公粮送的早。
听说山里下来的公粮车，
勒马停车来让道。

闹沟车马闻听不怠慢，
山沟里养的牲口不怕山高，
过岭走坡本是家常道，
鞭子一绕就往岭顶跑。
"矿洞岭"不好走，
从前走车常断套；
翻车伤人家常事，
"鬼见愁"是它的老外号。
车伙①上岭先上庙，

――――――――
① 伙：赶车人的俗称。

香纸蜡供回回烧，
翻车伤人并不少！
从打解放了，
岭道就修好，
拆了山神庙，
砖头瓦块垫平道，
如今晚过岭就过岭，
早就没有旧说道。

爬过岭，
一色是下坡道，
使辕马，
不使里外套，
大车老往牲口前头跑，
北风老烟炮，
早就扔在岭的后边了。

前头平原越望越远了，
大雪瓮早就叫粮车跑成响平道。
百里不怕太阳出，

二十里不怕太阳落。

鞭子半空绕三绕，

牲口耳朵竖多高

后车老说前车跑得慢，

前车老笑后车装的少，

说说笑笑就是二十里，

高山老岭朝后跑！

头车早就叫别村抢，

闹沟的车马插在人家半当腰。

大车爱走冬天道，

车伙爱哼家乡调：

"三月里呀青，

九月里呀红，

我在高山种高粱。"

"山里土生，

山里水长，

山里的五谷顶风香，

山上水边都是庄稼地呀，

山山水水送公粮……"
一个哼来别个嗓子也发痒：
"提出伪满、国民党，
大小闹沟年年闹灾荒，
打下的粮食送进地主仓"

"高山上来了共产党，
小闹沟年年闹丰收，
一闹闹到大闹沟，
一秋粮食顶三秋，
粮换布啊暖洋洋，
吃饱穿暖送公粮。"

十里二十里不够唱，
一庄又比一庄强：
"三家子"何止三百家，
"五间房"早成了大村庄，
"大偏岭"不像个岭，
早叫汽车给跑平！
到晌午，

村里店幌挂得高，
牲口不用人赶就往店里跑，
店里停满公粮车，
人打好尖，马喂好料，
出了店门天还早。

平原天气比山里暖，
都说三道河子结冰薄，
几千斤粮车架不住，
赶车的个个发了毛；
送公粮本是一件大事，
当地政府早就防备这一遭，
秫秸搭桥高粱过河，
自个家江山自家保。

平原上日头落得慢呦，
响道上跑车赶的欢，
远看前边什么挡住粮车，
近看原来是粮山。

谁家的粮山这么大?
谁家的粮山这么高?
这么大的粮山什么人种?
这么高的粮山把啥保?

国家的粮山这么大;
老百姓的粮山这么高;
这么大的粮山庄稼人种;
这么高的粮山把国保。

战士吃了这一座座粮山,
捍卫祖国保家园;
工人吃了这一座座粮山,
改良工具提高生产;
这座座粮山年年高,
千年万年吃不完!

粮车进了公粮栈,
这边检查那边上秤约,
抓了一把仔细瞅,

豆子高粱粒粒饱，

村村粮车都到的早，

今年光景都比去年好。

上等公粮评上了大小闹沟，

红旗插在车上头，

政府奖给新农具，

明年的光景更不愁。

卸下公粮车不减轻，

车上装的是年货，

翻身的年月不能比呀！

闹沟人进城从不往回跑空车。

　　1949 年冬，于东北。载于人民日报副刊

五挂大车跑安东

这是上下沟知名的五挂大马车，
谁看见谁不乐！
胶皮大轱辘，
四套马拉着，
一天能跑二百多！
这五挂大车，
不是老张家的，
也不是老李家的，
是咱村合作社的呀！

五挂大车，
一年到头的跑哇；
往安东去的这股道，

都跑熟了；
过几个岭，
涉几道河，
连牲口都能记得。

"是大房身村合作社的
五挂大马车！"
连农民招待站的同志，
离老远就认出咱的车：
"快预备槽子吧，
把牲口好好给喂着！"
你看，招待的多热火！

五挂大车，
一进安东城，
谁不夸咱东山的鸡蛋大，
谁不说咱的山货多；
过秤的过秤，
数个儿的数个儿，
不大一会儿，就卸空了车。

采买员，

老早就上街去了。

又是百货公司，

又是供销合作社，

到处忙着办货，

一办就是五大车。

五挂大车往回跑，

把道震的有多响，

一听，就知道

是咱村合作社的车。

装的有多满，

牲口跑的汗水落。

货用席子盖的多严实，

捎的都是什么？

猜也猜不着！

村里的男男女女

都围着，

看卸车：

一看
新农具办来了，
互助组的人乐了；
一看
花布、绒线、袜子都捎来了，
姑娘、媳妇抿嘴乐；
一看
农民课本、纸张、文具都买来了，
上识字班的都抢着帮卸车。

全村人，
自从有了合作社，
都会过日子了：
一年到头勤干庄稼活。
参加互助组的多了，
人手也倒开了空儿，
去搞副业活：
喂猪的喂猪，
养蚕的养蚕，
抽空儿就上山采蘑菇；

挑的挑，

背的背，

天天都有人把东西送到合作社。

合作社的五挂大车，

一年到头跑安东，

全村人越过手头越活。

把赚的钱再投进生产里，

日子越过越阔！

赶车的李老板子说：

"这样大车有赶头，

好处越赶越多，

再赶上它两三年，

不用说别的，

就连这五挂大车，

也要换成汽车！"

"咱们大房身村里的人，

没有忘了抗美援朝，

美国强盗第一次轰炸安东时，

正赶上我往安东跑车，
我把这消息带回村来，
可把全村人气坏了。
三名合作社的社员
一齐报名参加志愿军；
走时，
就坐着我赶的这挂车。"

"支援志愿军打美国强盗，
捐献飞机、大炮、坦克，
全村结合了生产，
光捐献的实物啊，
就装了五挂大车！"

"志愿军在朝鲜打胜仗，
咱老往安东跑车；
等志愿军把强盗消灭了，
这五挂大车也该换辆汽
车。
那时候跑趟安东，

就像遛个弯，

连半天都用不着！"

"那时，

咱们大房身村好的可就更快了，

新农具都办来。

土地一入股，

就成生产合作社。

种地的专种地，

放蚕的专放蚕，

分工分业，

大家都有好日子过……"

李老板子，

越说心眼里头越乐。

"啪！啪！"

鞭子一甩，

他开了快车！

1952 年春，《东北文艺》

志愿英雄赞

千里雷鸣，

万里火闪，

擂动战鼓保江山。

挑又挑，

拣又拣，

五湖四海把英雄选。

左一路，

右一路，

兵马千千万，

能锁住东海沿。

军粮城，

打个尖，

辽河饮马，

水饮干，

马跑十里，

汗成河。

英雄怒气云遮天，

赛马集到宽甸，

快马再加鞭。

救兵如救火，

一夜飞过连山关。

鸭绿江，

照英雄，

照也照不完，

投鞭江流断，

打马杀过江，

恨把敌人一口咽！

1951 年

石 头 歌

1

石头是家乡的特产，
用它曾筑起多少美丽的殿堂。
我从故乡拾来一把石子，
多年来一直在我身边珍藏。
每当我心灵感到寂寞，
便把它取出来玩赏，
这时仿佛又回到了童年，回到了故乡……

石头确实是故乡的珍宝，
石碾、石磨、石碑、石像；
哪一宗，哪一件不是取自石山之上？

连医治病都缺少不了这味药石，
将它同药王庙的神签一起开进处方。
传说女娲氏补天就用这里的五色石子，
看，那灿烂的星空多么像故乡的碧玉、花冈！
我就诞生在用这样石头砌成的老屋，
吃惯了从石头缝里钻出的玉米、高粱；
"叮叮叮"的凿石声弹出我生命之曲，
耀眼的火花使我孩提的泪珠放射出惊喜的光芒。

算命的瞎子算这个是金命，
那个是火命，
而我的"命"却硬得像石头一样：
因此干娘给我起了个乳名叫"石头"，
石山石岭就是我的亲娘！
石兰、石竹都在碴子上开花，
我也在石头堆子里头发芽生长……

五光十色的石头装饰着我的童年，
奇形怪状的山岩就是我的烈马银枪，
每座山峰都孕育着一个美丽神话，

金马驹的故事把我的童心照亮。
我也曾去偷听成精的怪石泄露一个秘密——
在什么山什么洞藏有宝马宝枪……

放牧时惯把石头当成鞭子，
去驱唤那不听话的猪羊。
走夜路时手里攥着一块石头，
去防范山中凶恶的豺狼。
我不知石头究竟隐藏着什么奥秘，
多年来给我生命以无穷力量。
旧县志上写道"穷山恶水出刁民"，
每一块石头都象征着故乡不屈的形象，
山崖上洒满历代志士的鲜血，
山茶花、红杜鹃年年开放……

我想起一位开山劈石的英雄石芳，
他继承了祖传职业当了石匠，
有多少碑文出自他的巧手，
殿阁、庙宇中也有石芳雕刻的石像，
"武功录"录下了农民英勇的反抗，

这些也刻上石芳的心板，

就好像斑斑的斧痕、刀伤……

当敌人侵占石乡，

他率领着乡勇上山抵抗，

石头就是打击敌人的武器，

山石滚滚，千山万谷都在助阵打击豺狼，

石芳发明的石雷使敌人亡魂丧胆，

但这原始武器怎能抵挡住火炮洋枪？

听说他牺牲的时候手里还攥着块石头，

上面沾满了英雄的血浆。

这块带血的石头竟成了烈士无声的遗嘱，

有人拾起它供在女娲庙堂，

它是人民补天之石啊，

不时地闯入我童年的梦乡。

后来这块石头不翼而飞，

听说是烈士的儿子石梁把它带到异国他乡，

有人说石梁继承父志去学采矿……

事情虽然已过半个世纪，

这块带血的石头，
仍像宝石般的在我的记忆里闪光。

2

十年的浩劫噩梦般的消逝，
人民又获得了第二次解放；
思想解放，人们争献才华，
土地解放，山河争献宝藏，
这事实都被视为理所当然，
但一听说在贫瘠的故乡发现巨矿，
却使我惊喜异常！

故乡被认作"穷山恶水"早定案于旧县志上，
我也亲眼看到贫瘠的土地，
被敲骨吸髓吮尽了乳浆。
解放虽然二十多年，
故乡人还是凿碾钻磨，
从石头缝里收获那几颗米粮！
我一闭眼就看见老驴老马在磨道上转悠，

那古老的石寨尚徘徊着中世纪的时光，
古庙里虽已断绝迷信的香火，
但却有人又塑造起新的偶像！
咋听佳音时我不敢相信自己的耳朵，
赶忙又验证于当日的报章；
果然不错，这稀有金属，
竟躲藏在我褴褛母亲的身旁！

这是些什么样的宝贝呀，使地质界关注，
左邻右舍都投以忌羡的目光！
听说没有它火箭上不了天，
我们的银燕也要溶化翅膀……

家乡的一草一木我都熟悉，
每一块石头我都能呼出名，叫得响，
我竟如此粗心大意呀，
对这种宝石怎么就一点也没有印象？！
我必须回去亲眼看一看，
这些宝贝都是什么模样？

3

当我一踏上乡土，
便听到"叮叮叮"的悦耳音响，
这是铁锤钢钻在岩石上敲击，
"叮叮叮"它敲开我记忆的门窗。

叮叮叮，叮叮叮……
这是石乡人生活的节奏；
石匠们用这声音谈心，用这声音思想，
这只是石乡人才能听得懂的语言哪，
来表达出他们的欢乐与忧伤！

叮叮叮，叮叮叮……
我踏着这节拍登上了石山石岭，
我踏着这节拍步入了石乡。
石碾、石磨的故乡哪里去了？
我看不到壁垒森严的石碑、石坊，
是一片繁荣的矿区呀吞没了故乡的贫穷，
吞没了故乡的荒凉……

叮叮叮，这不是在哀叹，

叮叮叮，这不是在忧伤，

叮叮叮，这是觉醒的音符，

幸福的交响。

"轰——隆隆"……

"轰——隆隆"……

这是烈士石芳手中的那颗石雷吗？

又谁把它投向新的目标、另一个战场？

4

石乡的每个孩子都能回答，

每位牧人都会歌唱。

十年前山外来了一批"罪人"，

被集中在女娲庙上，

他们斩草开荒把梯田一直修到山尖之上。

经过了"换骨"的劳改，都"脱胎"走了，

只有一个人还没功成圆满留在庙上，

听说他是"国际间谍"，"里通外洋"……

乡亲们都叫他"石头人"，

因为他爱石头爱得发狂，

每次下工回来都背几块石头，
这些石头又成了他"采集资源情报"的新罪状。

听说他是一位花岗岩的专家，
头脑里自然装满花岗石。
看来他是顽石不化了，
只有遣返还乡……

可是谁敢将他收留？
只好单独住在庙堂。
但他并不孤独，
拾来的石头就是他的至亲儿郎，
他从石头里得到欣慰，
他从石头里看到希望，

谁说他是块顽石？
对这些没生命的石头却表现得儿女情长！

他将石头放在炉中冶炼，
像炼石补天的女娲娘娘，

他给每块石头"定性"，立案归档……
他公开为石头翻案：
"这些并非不化的顽石，
而是稀有的矿藏……"
他斗胆推翻石乡头上的历史结论，
三百里"穷山恶水"竟是一个巨大的矿床。

从那天起乡亲才知道他也是"刁民"的后裔，
石芳烈士的儿子石梁！
他也是块被遗弃的补天之石呵，
被埋没的人矿。
啊，石梁！
你的名声和当年的石雷一样响亮
是你把一座五行山背在自己背上！

5

我双手捧起这发光的矿石，
像童年梦中获得宝马宝枪。
这些不就是孩提时玩厌的石子吗？
它满布在家乡河套山冈！

我曾经千百次把它拾起，

又毫不在意地丢弃、抛扬，

我从没有把它们同幸福连在一起呀，

我从没有掂出它们真正的分量！

仅仅把它当成我感情的矿石，

伴我贫穷，伴我忧伤，

因为我没有慧眼和一双点石成金的手掌！

而你呀才是故乡、母亲的好儿郎，

你把烈士手中那块石头又抛向新的目标

投向我们世代宿敌——赤贫、饥荒……

我惭愧自己有眼不识泰山，

像捧着金碗讨饭的乞郎，

我也亲自参加做过那种蠢事；

用矿石去修筑梯田，

把苞米种在矿床……

我惭愧自己远远落在你的后边，

只看到你巨人般的足迹闪光。

1979 年 8 月

三、风暴的走向

风暴的走向

哪里有沉闷郁结的天气，
风暴将走向哪里；
哪里有饥寒交迫的日子，
风暴将走向哪里；
哪里有苦痛屈辱的生活，
风暴将走向哪里。

风暴所滚过的地方，
破屋不能再修理，
破屋已经倒塌下去。

风暴所滚过的地方，
一切都破坏得无法维持，

一切都要另产生新的。

随着风暴而来的，
是雨，
是黄河的决堤！
随着风暴而来的，
是血，
是生命的开花！

随着风暴而来的，
是自由的信念
是奴隶的欢笑……

风暴走向哪里，
死亡将走向哪里，
风暴走向哪里，
新生将走向哪里。

风暴是号角的狂吹，
风暴是预言者的喊叫，

风暴有坚强的意志，

风暴有一定的走向。

1947 年，上海大公报"文艺"

秋　天

秋天，

无耻的收割者，

在挥动他们的镰刀；

充实他们血腥的仓库呢！

这里的

枯黄像草叶的脸，

赤贫像被收割过麦秆的身躯，

和那易发火的干草般的脾气，

一燃起，就是燎原万里！

在远方，

仿佛已经是春天，

遍开了血的花朵……

而这里，

还要经过一个大破坏的冬天；

北风咆哮

寒冷，饥饿，哗变……

1947 年在南京

矮 屋

这座矮屋，

是跪在一幢高大的楼房的脚下；

屋里太窄小了，

睡觉的时候，

男人的腿要伸出门外。

阳光被楼房夺去，

矮屋是跪在

楼房的阴影里；

人是活在没有温暖，

甚至于没有空气的

快要窒息的矮屋里……

当着黄昏，

男人带着

满身机械油的气味，

从工厂里回来，

当女人燃起蒿火，

隔日的饭在锅里滚来滚去的时候，

这座矮屋才有一点生气。

1946 年于南京

负　伤

在你寂寞养伤的日子，
床前没有一次光荣的慰问；
只有医生向你冷冷地说：
"你腿上取出的子弹
是造自自家的兵工厂！"

你说你是被拉到前线上去的，
在那里才学会的放枪，
连长命令你往那边放，
你就往那里放。
敌人是谁呀？
你弄不清。

反正在一阵密集的枪声里，

你就受伤了，

队伍退了，

你被丢在那里……

"敌人"从你的身边取去弹药

和步枪

并且向你说：

"老乡，

你的枪咱们背走啦！

咱们的医院设备不好，

要不就抬着你了……"

你越想越不对劲

这仗是不能再打下去了，

越打越和气

"敌人，都要变成兄弟！"

——发表在 1947 年上海《诗创造》诗刊

奔　赴

七月，

曾以战斗，

告别了

妥协的六月，

以及哭泣着的中国黑暗的年代。

而我呀！

十年后的七月，

离开这里，

离开这还在受欺骗的土地……

朋友，不要送了，

我并非永远告别这里；

我仅仅暂时的，

告别旧日感情结交的兄弟，
和那座听我说够空话的大城。

我并非为梦想而奔赴，
我离去，
是为了真正收复这座城，
是为了真正解放这座城，
我所以默默离去，
是为大笑地走来……

朋友，
不要送呵！
否则，
我们同行……

1947 年告别南京前
同时发表在上海、北平、重庆大公报"文艺"

解放北京城小唱

一 北京城

北京城，

大有名，

几朝几代建都城。

老封建，

留下了千种王法万种刑

衙门口数也数不清！

颐和园，

金銮宝殿，

老百姓血汗修下的万寿山，

一人享福万人受呀受贫寒！

北京改北平，

北平更不太平。

军阀汉奸做皇上，

怕不长命搬来了靠山日本兵！

七月七那一天，

国民党的军队逃走一溜烟。

八路军抗战整十四年，

共产党领导的游击队呀，

未离开过西山！

胜利飞来胜利灾，

接收的大员天上来。

赶走一只虎，

来了一群狼，

"遭殃军"抓丁又抢粮，

手拿美国枪，

欺压百姓屠杀进步学生，

修路的工人没有活命的路，

挖煤的汉子冻死在煤山上！

大旱的天道盼雨露，

久阴的天道盼太阳，
北平的人民盼解放。

二　打进关

人佩刀枪马配鞍，
美式的装备身上穿。
美国的卡车拖着美国的炮，
"缴获的武器配备了咱！"

一杆红旗向正南，
人有精神马又欢，
汽车，坦克，装甲车，
浩浩荡荡打进关。
从老区到新区，
解放区的人民好喜欢，
抱柴火，
腾房间，
"关外的同志呀快上炕里边。
热火盆，

黄叶子烟，

暖暖手脚暖暖心，

好走长路好翻山！"

紧紧追赶，

快马加鞭，

日行五十夜走一百三，

怕的是"抓少了俘虏，

不够鞋底钱！"

前头烟尘滚滚起，

红旗一杆似火烧，

一样的枪来一样的炮，

华北大军也赶到！

两处人马合一处，

不走小路走大道，

一心一意一旗号，

要拿北京立功劳！

三 支援前线

鞭子响，

花轱辘转，

车送公粮跑得欢，

解放区的人民支援前线：

民工队，

担架连，

都是翻身的庄稼汉，

为咱战士"牵马坠镫"理当然！

条条大路通北京，

车走中央人走边，

一程跑，

一程颠，

千里万里是良田，

解放区富呀富无边，

共产党领导咱打下的好江山！

山有路，

水有桥，

车行千里不算遥，

前方打仗雪花飘，

千里万里飞鹅毛。

年猪肉新磨的面

土生土产不稀罕

送给咱们的子弟兵

解放北京好过年！

四 不是投降就是挨炮轰

及时的雨，

夏季的风，

十冬腊月太阳红，

城外来了人民解放军。

四四方方北京城，

百万大军来围城，

解放大旗杆杆红，

四十里城墙八十里营。

北京城围了个不透风，
里呀里无粮草，
外呀外无救兵！

兵临城下只有两条路，
不是投降就是挨炮轰：
傅作义将军看得清，
"接受改编"下了决心：
大开九关和九门，
北京人民热烈欢迎解放军。

五　解放北京城

北京城，
喜临门，
正月初三好时辰，
鼓乐喧天喜煞人。

内城外城十七道门，

门门进的是解放军。
北京城,
开了春,
大街小巷挤满人,
满面春风欢迎解放军。

毛主席的队伍有多好,
不动百姓一根线头一根针。
扫地,挑水,又除粪,
手勤腿勤帮助咱们!

学校开了课,
商铺开了门,
物价往下落,
人民的票子赛黄金。

天上的星星数不清,
共产党的好处说也说不赢。
大雁一过叫三声,
解放军进北京留下美名。

选自《人民日报》副刊,一九四九,二月

四、汽笛声声

汽笛声声

汽笛声声，

船儿呀！

你载着我的归心，

还是离情？

辽东是我生长的故土，

而我将去的江南，

也有漂泊过我的帆篷，

这里有养育我的父老，

而那里也有我患难的弟兄……

船儿呀！

你快快驶；

船儿呀！

你慢慢行，

让我再多望一眼，

白云底下的，

哺育过我的乳头般的山峰。

店

宿客店，

我不是客，

住宾馆，

亦非宾，

四海为家的我，

到处认乡亲。

哪方话，

我都懂，

听起来，

都是乡音。

说什么南甜北咸，

东辣西酸，

吃八方的人口味宽，

尝到嘴只剩个甜。

夜晚来查店，

盘问我是何民族何籍贯，

我是汉族的后裔，

满族的外甥，

中华民族，

就是我列祖列宗。

1980 年

港　湾

我终于返回我出发的港口来了，
那古老的港湾，
那秀丽的群峰，
像慈母的手臂，
紧紧地把我搂在怀中！

四十多年前，
我就从这港湾启程，
带着亲人的祝福，
向深不可测的人海
扬起我少年希望的帆篷……

今天，我回来了，

没有从大海中捞到珍宝；

只从海滩上拾到几枚贝壳，

连同我一颗赤子之心，

我承认自己是一个不高明的水手，

在雾茫茫的海上迷失过方向，

几度沉浮呵

飘摇不定，

因为误触暗礁，

几乎灭顶！

我终于回来了，

但我不想憩睡在母亲的怀中，

而是准备另一次远航

修补我破船的漏洞，

至于医治我心灵创伤的

只有那醉人的海风。

1979 年 6 月 8 日于营口

观 棋 峰

天池瀑布北侧有一组峰峦，貌似三位老人，两人对棋，一人在旁边观看。观棋峰即得名于此。山峰年久风化，有一峰已被山洪冲失。旅游者说："这位老人被战败下山去请援兵。胜利者正不耐烦地期待他新的对手……"

岳桦林伸出它强壮的手臂，
牵我登上观棋峰的赤壁，
但我也是一个伤痕累累的屡败者，
怎敢同长白老人对棋？

我此来是凭吊这古老的战场，
考察棋盘上遗下的斑斑战迹；

捡起那风化了的石子，
一颗颗好似败卒残车。

我发现这盘棋并不是输给长白老人，
而是失利于时代的风雨。
那山脚下的流沙就是明证；
半残的赤壁上还留有浪潮的足迹……
新的攀登者已接踵而至，
将同长白老人一比高低，
他们投进那么多的科学兵马，
试看怎样扭转这盘危局？

1979 年 8 月

"小老树"

森林中有一种受松毛虫侵害的病松，高不过二三米，树龄有的已超过百年。伐木工人称它为"小老树"。

我像朝山的香客，
攀登上两千米的高峰，
本来是探望那秀丽的白桦，
还有那千尺的红松。
它们都是祖国的栋材，
谁不想把它们赞颂。

当我走到你的跟前，
双腿再也不想移动。
是谁夺去了你的青春？

把你绿色的血液吸净?

论年纪，

你该是白桦的姊妹，

红松的同胞弟兄。

你本来应分得到同它们一样多的阳光，

一样足的水分，

而这些却都被蒿草抢掠一空！

我为你脱下虫网尸衣，

发现松毛虫在你的躯体上爬行！

你似乎已意识到不能成为栋梁，

只渴望早变作干柴，

和那为害山林的蛆虫

一起投进烈火之中！

1979 年 9 月，刊于《芒种》

第一辆汽车的诞生

汽车发动机响了，
像婴儿出世
第一声啼叫；
这洪亮的声音
"好一个强壮的生命！"

马达一声声，
震动着我们的肺腑；
这不是马达，
这是我们另一颗心哪
在跳动！

像母亲

孕育着婴儿，

我们用心血哺育你的呀，

经过十月怀胎……

看哪，我们的孩子，

他，从传送带上走下来了，

用自己巨大的轮子

向前滚动！

我们的宝贝！

我们的千里驹！

快快出发吧！

不要有一分一秒的耽搁哟！

因为在你的身后，

马上有千万个胞弟

诞生……

1956 年 8 月　刊于《长春》创刊号

桥　墩

当浊流滚滚，
土地被割裂，
骨肉遭离分，
多么渴望呵，
江上出现执篙摆渡人。

那是谁？
迈着坚定的步伐，
踏着巨人的足音，
踢开拦路的暗礁，
摆脱江雾的迷津，
把巨大的桥身，
一节一节地架向美好的彼岸，

接通了路与路的断头，
人和人的相亲……

当班车平安驶过桥头，
可曾想到你飞轮下边的桥墩？
它坚定地挺立在旋涡急流中，
每分每秒都在同恶浪搏斗。
肩负着摆渡向新时代的重任。

                1980 年，刊于《江城》

竹 篮

谁说竹篮打水一场空？
我拎回的竹篮，
却装满巴山蜀水的盛情！

没有它，
怎能带回川西嫩笋，
巴东的橙？

没有它，
怎能唤回我青春的记忆，
江南的梦？

1984 年于重庆

望 儿 山

你伫立在高山之上，
凝视着海上云天，
风雨不误，
寒暑不返……

啊，望儿山，
你是母亲的身影，
祖国的容颜；
只有那海上齐整的归帆
才能博得你的心欢！

你是远航者心中永明的灯塔，
不落的星盏；

海可枯呵，

石可烂，

你的身影，

却永远映在我的心田；

无论走到天涯海角，

只要听到故乡海螺的呼唤，

就会归心似箭……

多少世纪的风雨

从你的鬓发间擦过，

你仍伫立在山头，

凝视着海上的云天，

是不是海上还有未归的孤帆，

悬着你慈母的思念？

1979 年 6 月 9 日熊岳城，刊于《长春》

乡间小路

乡间小路，

像无数条细微的血管，

滋补了贫瘠的土地，

红润了母亲苍白的脸……

山 楂 树

山楂树，

我生命的树，

上边结过童年的眼泪与欢笑……

今天我同它

肩并肩，膀挨膀照个相，

因为，它是我在胎盘中的第一口奶……

启示着

一个生命将诞生的信号。

1982 年 9 月于叶赫满乡

店　员

一斤油盐，

一尺花布，

都通过你们的心度。

俗话说：

"一手托两家"，

而你们一双双殷勤的手呵

却捧托着千家万户。

你们是幸福的红媒，

为美好生活作筏，

为时代摆渡。

在商店里，

在闹市上，

在风雨中，

都有你们的笑脸汗珠……

你们的麻烦，

群众方便；

你们辛劳，

群众甘甜。

你们不仅售出日用百货，

柴米油盐；

还有公平，

还有美德，

还有欢乐，

还有温暖……

在你们的心的尺度

秤的准星上，

闪烁着，

爱的光焰。

大 连 湾

大连湾，

大连湾，

只有大海才能盛得下

你过去那么多的泪水，

那么多的辛酸！

而今天，

大海也装不下你那么多的幸福，

那么多的香甜！

我们重相见，

长叙半个世纪离合悲欢；

我童年唱的第一支歌

是控诉帝国主义"夺我旅顺大连湾……"

大连湾呵，近在咫尺，
却横着层层电网，
道道铁栅栏；
我赤着脚站在渔岛上，
只能看见你褴褛的身影，
项上的锁链！

啊，大连湾，
我们重相见，
你穿着满身珍珠衫，
以主人的身份，
大摆欢聚宴。

同远航归来的水手，
还有，
当年闯关东的穷汉，
捧大海作杯盏，
开怀畅饮三大碗，

醉卧老虎滩……

开醉眼，
看不够我们的海市蜃楼，
蓬莱仙馆，
和那钢铁油龙戏海湾……

看啊看，看上一百年，
唱上一百年，
唱你个天翻地覆，
又地覆天翻，
沧海变桑田！

访 蚕 乡

一

一床茧绸被，
温暖我家三代人；
外祖母亲手纺，
母亲做嫁妆，
我背它关里去流亡……

二

一九五〇年，
我回故乡，
故乡刚解放，
蚕吃柞叶沙沙响，

人民要换新衣裳。

三

一九五八年，
二次回故乡，
故乡变了样，
蚕不吐丝改了行，
作茧自缚炼土钢。

四

一九六〇年，
三次回故乡，
故乡闹灾荒，
炕也凉，
心也凉，
揪把柞叶当食粮，
饿死蚕姑娘……

五

一九七八年
四次回故乡，
蛾子出茧人解放，
蚕也忙，
厂也忙，
人民要穿绸缎裳。

1980 年 7 月

碑　林

八水绕长安，
我跋涉到历史的一大站，
石鼓敲响，
石钟呼喊，
雁塔的时针正指早晨八点，
始皇早已在他陵寝中入梦，
盛唐的史诗业已开篇。

翰林如海，
碑林如山，
我穿行在古文明的森林，
仰望着李杜高入云霄的树冠。
呵，石林，塔林……
岂能高过碑林的峰峦！

肤　色

我念小学的时候，
老师就告诉过我；
"我们中华民族
是黄种人，
我们的皮肤是黄色的……"

我们的皮肤是黄的，
多年来，
我一直在寻找它的根据。

在西北高原上，
——我们民族的故乡，
我发现，

这里的土是黄的，

这里的地是黄的，

黄色的土地叫"黄土高原"，

黄色的河流叫"黄河"，

我终于找到了血缘关系，

找到了根据；

我们都是黄帝的后裔。

我的生命是土地给予，

我生命的色彩也是她的赐予，

我是大地之子，

我是黄河之子，

我属于中华民族的"水系"。

我不羡慕白皮肤，

我不鄙视黑皮肤，

我爱我的黄皮肤，

我是黄土地忠诚的儿子，

我用全生命把土地耕犁。

情　意

一位考古学家告诉我：

远古，这里是一片海，

浩瀚、碧绿……

它是在一次造山运动中死去。

可以想象得到：

无边的戈壁就是海的尸身，

那滚圆的鹅卵石

就是她的泪滴。

在这次痛苦的造山运动中

孪生了一对姊妹，

一个叫天山，

一个叫吐鲁番盆地，

一个降落，

一个升起……

但高高的天山，

并没有忘记她干渴中的姐妹

年年把积雪和冰川消融，

用涓涓的流水

表达了同胞手足的情意……

　　　　　1983 年 9 月于吐鲁番

天山牧歌

冬布拉与热瓦甫合奏起欢乐的乐曲，
哈萨克和维吾尔姑娘飘舞裙裾，
雪莲花大波斯菊争艳天山脚下，
牧场之秋一霎时春回大地。

帐幕里飞出来一对老年夫妻，
一个鹞子翻身甩掉了老迈年纪，
这舞姿婆娑我好熟悉，
三十年前它曾迎来戈壁红日。

环珮叮当闪耀着共和国的青春，
眉目传情表达出昔日战斗友谊，
如今发鬓上都挂满秋霜，

但心目中却永远民族团结的记忆。

传说西王母在此曾会见过周穆天子，
天山明月照耀过张骞班超使通西域。
千佛洞、苏公塔都是民族智慧的结晶，
为寻乐土唐三藏火焰山上降魔炼狱……

马头琴唤回我恋往古思，
丛林间飞出来哈萨克轻骑，
老牧人告诉我这是大漠赛马大会，
"姑娘追"来自牧民们古老的风俗。

"姑娘追"是追逐着自由与幸福，
夺肥羊丰盛了婚礼宴席。
白无核、哈密瓜胜过蟠桃盛会，
这是为款待西游客人继续向西。

坎儿井是中华又一条运河，
各民族携手挖出个油海克拉玛伊，
石河子市是瀚海里一颗夺目明珠，
噢，使一个死海复活的是人民而非佛祖上帝。

骆　驼

汽车，
戛然停止，
说前面没有路了，
茫茫一片，
全是戈壁沙漠。

前面没有路了，
我们将无法通过。
这时，
我想起了骆驼；
这历史的方舟呵！
曾把人类从蛮荒之域，
渡向文明之国！

没有它，

就没有昨天的丝绸之路；

没有它，

就没有今天新疆的公路，

铁路的脉络……

我想起了千里明驼，

它更没有忘记我；

看！

那一峰峰的

像双桅帆船队一样

在瀚海口岸上停泊……

中国呀，

只要还有沙漠，

就需要骆驼。

1983 年 9 月于新疆

五、金子的启示

金子的启示

是金子
就下沉，
是矿渣
就浮起，
用这个简单的道理
淘出万两黄金……

淘金者提示说：
"那闪光的
不是金子，
是云母；
金子并不炫耀自身。"

是的，

金子是用自己的分量

压载一切轻浮；

赢得尊重。

接受水的淘洗

火的冶炼，

使自己更纯。

在任何压力下

只能延展，

不能变质。

像志士

永不变心……

我从金子那里

得到启示，

这比得到金子本身

更珍贵十分！

淘金者引路，

我参观梯形沙金车间，
从高层走向低层，
按生产的程序
下沉、下沉……

我仿佛也是一块矿石，
经过重压、粉碎，
经过无数道水槽淘洗，
是金子
就下沉到底层，
不是金子
就漂浮
和泡沫一起葬身……

金　砖

我生平第一次捧块金砖，

它金灿灿，

沉甸甸，

是象征幸福，

还是苦难？

传说金子可以验证

人的命运贵贱，

福分深浅；

这当然是种寓言。

不过，金子确实能把

人的品德检验，

像试金石对待金子一样，

可以检验人是清白，

还是贪婪。

有的人

在金子面前，

失去平衡，

堕落进无底深渊，

使顶天的汉子

腰杆弯软，

甚至失去人的尊严。

有的人，

比重胜过纯金，

他能使黄金逊色，

赤金裂变，

那是因为他经过

比金子更严酷的冶炼。

1983 年 5 月 13 日于夹皮沟金矿

新　生

我一踏上乡土，
便听到潺潺的流水声；
是抱怨远行儿子迟归，
还是先跑出村来欢迎？

干娘不呼大号叫小名，
叫得我心发跳，脸发红；
这乳名我自己已感到陌生，
它同我的年龄、身份太不相称！

她一声声唤个不停，
像童年在三岔路口呼唤我失落的魂灵；
她叫垮了我干部的架子，

叫落了我干部的威风；

叫得我真魂又回心窍，

一颗赤子的心哪！

在我的胸膛里重新跳动。

"老牛老马还知恋家，

是谁掏去了你的魂灵？

你难道就不是咱穷山沟的人啦？

为什么更换了姓名！？"

四十年前，

我冒着北风，

抹着鼻涕，

离开乡井；

四十年了，

我几乎忘却了初衷！

故乡呵，

依然穿着那身褴褛的衣裳，

这和我楚楚衣冠多不相称，

老牛老马还在磨道上转悠，

石碾石磨把岁月磨空……

干娘把我唤进老屋，
我就在这土屋里诞生，
那梁上还悬挂儿时的摇车，
我仿佛听见母亲抚育我的歌声。

锅里的水已经滚沸，
干娘把我生日里爱吃的鸡蛋
悄悄地放入水中……

啊，今天是我的生日，
她这年过半百的儿子又获新生；
故乡——母亲！
你把我的小名常常呼唤，
使我在人生的岔路上莫再丢掉魂灵！

1978 年于故乡。

原名"生日"，刊在《诗刊》1989 年

游　艇

不是扬帆出海，

亦非溯本求源，

没有离别，

没有相见，

没有撒网，

没有收获，

船在湖面上画了个"○"，

又回到了起点……

选自《海韵》1982 年第 1 期

古 莲 子

古莲子

被深埋在地下，

阳光照不到它，

雨露洒不到它，

虽然过了一千年，

但它并没有变成化石，

因为它心中藏着一棵希望之芽，

冰河解冻了

它终于绽开了古莲花……

——1982 年于大连自然博物馆

六、外祖父的天下

外祖父的天下

第一部

一

给他洗脸、梳头、穿好衣服，

因为他要走了，

就要到"阴间"去……

满屋子活人，

都在忙一个人的死……

蔡玉山，

看着爸爸咽了气，

就跪在地上，
受执事人的摆布，
受礼教的摆布，
尽孝子的义务……

吹鼓手已经来了，
在门外搭起的席棚里，
熟练地吹奏着。
这古老的调子，
是旧中国乡村忧郁的抒情啊，
它不仅为了死者吹奏，
也为着活得不明不白的人，
吹出他们生活的哀愁和诅咒。

来吊孝的人，
挤满了灵棚，
这中间一半是债主！

哭吧，

那些有着软软心肠的人，
为着死去的人哭泣，
也为着活得郁郁闷闷的自己……

哭吧，
哪管不是悲哀的呢！
那就把声音变成暴发的山洪，
吼叫像愤怒的辽河……

蔡玉山，
大哭声里迅速长大，
昨天他还是孩子，
站在孩子的一边，
向着村里的大姑娘小媳妇出坏，
今天，他成了大人，
他要自尊。

他草草地埋葬了父亲，
也埋葬了自己的童年，
他的眉头成人般地皱起，

脸孔开始为着一个家庭的责任而阴沉……

祖传下来的财产，

都让吸鸦片的祖父化成云雾散去，

债主们又典收去最后的老屋。

他由瓦房，

搬进草房里。

他心里却暗暗地

计算着搬回瓦房的日子。

他发誓说："总有那么一天……"

贫穷在叩他的家门，

闯进来的是饥寒，

当他从最近的老亲背回来空空的口袋时，

他懂得了人情的冷暖！

一切都该从头开始，

只能依靠自己的手，

挣来粮盐……

白天，给地主看蚕，

满山叫喊，

夜晚借着月亮光，

侍弄着老坟边上的山坡子田。

他累了，

就在断碑上睡眠，

他做个梦，

梦见他满洲贵族的祖先……

读书人讲：

刘备卖过草鞋落魄在西川，

韩信向漂母讨过饭……

成佛做主的都要先遭磨难……

他的雄心又被历史，

不，是被坟墓唤起，

他咬紧了牙关。

没有车，

没有马，

一双手难混饱一家人的肚子。

最可怕

是那冬天的夜晚，

狼在前面学人敲门，

狐狸在后窗学鬼抓破窗眼，

北风会吹倒山墙，

大雪会埋没房檐。

他跑到山上偷砍柴火，

为了取暖、烧饭，

他下半截的身子，

大雪里奔跑，

逃开地主的看山狗的追赶……

年尾，

这是一年中，

最寒冷也最温暖的日子呀，

人穷也要装成富裕样，

山柴发出鞭炮般的爆响，

借来的米，

借来的盐，

还有，

从邻居匀来的半副"猪下水"，

从柜台赊来的香纸蜡供祭祖先……

"哥哥回来了！"

妹妹把手挂在哥哥的脖子上问道：

"是不是过年了？"

年，

是他想从贫穷跳向富贵的关口，

是希望中所有坏日子的结束，

和好年月的开头！

他在挣扎着，

怕被一切祝福忘记，

他在挣扎着，

想把厄运驱散……

香火头亮着他们的希望，

缕缕香烟，

绕绘出他幻想中的天堂。

大除夕，

叫花子装扮财神送来祝福，

他——家中唯一的男人，

领着全家人向神祇跪拜，

一年年的

跪拜过去了。

二

妹妹还小，

就嫁出去，

是嫁给那年岁比她大一倍的跑腿子，

那人也因为贫穷而晚婚。

贫穷使她早懂事，

临上车的时候，

说着大人的话，

去哄着像孩子一样单纯的妈妈：

"我走了，

家里少张嘴，

妈妈若想俺就看看房前俺种的丁香花……"

妈妈依在门旁望着她，
哥哥抱她上牛车，
牛车缓缓地走远啦，
车棚里伸出一块红洋布，
晃着晃着
把妈妈的眼睛晃花了……

破牛车大大咧咧地
载走了给妈妈梳头的人，
载走了替妈妈穿针引线
和陪伴着妈妈哭泣的人……

妹妹出嫁了，
挖去娘的心头肉，
折走娘的一枝花，
每天她站立在门口望呵，
望呵，
她望着外出谋生的儿子，
"老不着家"……

张大爷从牛口①回来，

穿了一身新，

李二叔从边外②挣来银子白花花，

"咱玉山啊，

到海滩上去挑盐，

怎么半年不归家？"

蔡玉山，

走盐滩，

贩卖私盐犯王法，

狱里关半年。

蔡玉山，

住大狱，

结交了江湖"反叛"，

眼界宽，

知道哪地方钱厚，

①牛口：即辽宁牛庄，旧称"牛口"。

②边外：柳条边以外地方，今吉、黑一带称边外。

哪行哪业赚大钱。

妈妈病在炕上，
儿女都不在眼前，
夜夜哭，
天天盼，
睡梦中呼唤她的玉山。

半年刑期满，
狱里放出的蔡玉山；
长长的头发，
泥污的脸，
趁着天黑
走进家园，
进门喊一声妈妈无人应，
冷冰冰的炕，
早已断炊烟，
娘已紧闭双眼，
不知何时离开了痛苦的人间……

三

婚姻并不逃避贫穷，

年龄一到，

媒人就自动找上门，

穷娶贫家女，

富嫁富家男，

蔡玉山却一心想高攀。

婚姻拖一年，

没有怪，

等两年，

也常见，

连拖三年没成家，

惹得那些有闺女的老太婆，

耳语私论，

用半个手指把他

介绍给更多的老太婆们：

"看，就是他，

二十几岁的小伙子，

为什么不立灶火门，

还在外头胡逛个啥？

是想打野食？

是想不守本分吗？"

他不能违背乡里的风俗，

不能违背长辈的心愿，

更敌不住那些恶意的冷嘲，好心人的责骂……

他答应了一门亲事，

媳妇是个汉族大户的老闺女，

在远远的地方住，

相隔好几座大山，

那地方只知道

蔡玉山的曾祖父是位镶蓝旗的大官……

这样，婚姻成了一场骗局；

新媳妇过了门，

才发觉

一切都和媒婆嘴里说的两样；

房子不是瓦盖的，

土墙不高，

连猪都能跳出去……

迎亲的车是借的呀！
新姑老爷的穿戴是借的呀！
第二天，
生米煮成熟饭，
又发现，
东仓房是空的，
西仓房也是空的，
她含着泪水，
和邻居借来下锅米……
她生长在大户人家，
她难咽下粮菜煮成的"糊涂"，
轻轻地皱起眉头。
蔡玉山被新媳妇放肆的举动羞恼了，
用板凳腿
打折了她的胳膊，
这是他给她第一次"爱情"呀！

命啊，

嫁鸡跟鸡飞，

嫁狗跟狗走，

她学会了借，

学会了受穷，

而且知道，

怎样能穷得"富裕"。

他把她陪嫁来的两匹家织布，

和一副银镯子变卖了，

做小本生意，

那比乞讨还难经营的生意呀，

从比他更穷的人的手里，

赚得薄利。

荒年里，

蔡玉山想起

大狱中结交的走南闯北的兄弟，

感谢他们的指点，

开了眼界，

见到世面，

那拉车跑脚的买卖，

在引诱他离开年轻的妻子，

和那穷透腔儿的家园。

他用惊人的便宜价，

兑来一挂车，

和一匹独眼儿的老马，

去拉跑关东的山西"老客"。

拉活"老西"①跑生意，

拉死"老西"安葬故里；

拉活的不如拉死的，

拉活的脚钱少，

拉死的脚钱多。

一口灵柩，

拉回山西故里，

给两百吊钱，

———————

①老西：山西人来关东行商的。

三十天的旱路，
半个月他要跑到。

白天赶路，
夜间马不停蹄，
和死人一起睡，
和死人一起生活！

月黑头，
跑孤车，
前边就是黑松林，
闪着鬼火，
死人给他做伴儿呀，
他浑身哆嗦，
啪啪地抽上两鞭子，
给自己壮了一下胆子，
车从坟圈子跑过……

牲口欢起来，
车颠起来，

死人的头颅，

撞着棺材头……

他一里一里地跑着，

心里计算着里程，

计算着钱数，

他的钱口袋打着大腿根子，

他的钱口袋越来越沉重……

他回到家里，

当那夜深人静，

把挣来的钱埋在水缸底下，

不，他不时地更换着地方……

土地才是无价宝呵！

拿不走，

搬不动，

子子孙孙有它都能活命，

他念着土地经。

他治了几垧地，

又雇了两个长工；

一个种地，
一个赶车拉脚跑县城。

长工名叫周二，
干起活来像只小老虎，
蔡玉山称他"二虎"。

他常和"周二虎"比力量，
看谁挑水挑得快，
看谁锄草锄得多，
看谁庄稼割得强。

"小周呵，
你真行，
我又输给你了！"
他越夸周二，
他越"输"给周二，
他的财产就越赢！

"周二虎"，

在蔡玉山的眼里是个"英雄",

"英雄"能顶两个犍牛用,

就有一点他不喜欢,

"周二虎食量大如熊!"

那赶车的是个外乡人,

"外乡人好使唤,

不顾家,手脚干净"。

"外乡人"

赶车不亚于他蔡玉山,

每逢看到他的两套马的车跑过来,

他总是把手上的活计暂停,

以主人的资格去查看,

牲口喂的怎么样?

套紧不紧?

肚带松不松?

对赶车的要常挑眼,

这能激励他的勤快性。

背着车把他暗品评,

"这个车再拴匹里套骡子，
就更像样了，
明年一定能……"
因为想到明年……
他就更起劲地干，
起大早、贪大黑，
把两个长工累的
整天不散汗！

然而，
事情并不像他想的那样顺利，
在一个"右眼跳祸"的夜晚，
车没有回来，
出什么差错了吗？
他趁着月黑头跑出去，
妻子拦不住他，
风雨拦不住他，
他照着"卦"上说的方向
追赶……

他穿过多少杨木林，
他的脚下飞过了多少座山。

他追，
车是他的希望，
车是他的活着的理由，
车将满载着金银、宝物……

他追呀，
是什么绊倒了他？
哎呀！
是死人骷髅……

他追呀，
又陷下去了，
哎呀！
是坟窟……

追，追……
就像什么在背后追赶着他；

是有的，

但，那不是鬼魂，

也不是妖精，

而是他十年心血所灌溉的发财的欲望，

和得失的心肠……

他盲目地追，

他恼怒地追，

追走了黑夜，

赶出了太阳！

他叹息地回来，

他的心

还在追……

四

他吃了这次亏，

变得精明，

不能一条道跑到黑……

要想不吃亏，

学会混社会，

结交官相，

拜把子兄弟里又添了背枪的几位，

多个朋友，

多条路啊，

谁敢把他"蔡老三"得罪。

跟官家到"边外"去测荒打地，

给放荒大人当跟随，

回来时，

牵一匹马，

驮着两锭银子……

日俄战起了，

这是山海关外历史上一次大灾难，

俄国人打败了，

像打败了中国，

中国领土上流着中国人民的血……

饥饿、瘟疫在蔓延……

蔡玉山，

不怕战火，

不怕瘟灾，

在他看来是个发财的好机会；

他往来在火线上，

做投机生意，

用烧酒换俄国枪，

用俄国枪换日本金票，

利钱多几十倍！

地权混乱了，

他凭着会告状的本领，

从大堂上

赢来了别人的田地。

他的亲戚多了，

他的朋友多了，

家从草房又搬回瓦房里，

他的老婆

生儿又养女……

他已是桌面上的人了，
乡里的大事小情，
他都要被请到场，
评别人的事情"公正"，
一句话可以左右乡里。

他现在是三十五岁的人了，
三十五年人生的风霜，
在他脸上印下了皱纹、尊严……

自从第一个孩子会喊他"爸爸"，
他的心里就有点甜醉，
也感到一点苍老，
一点慌张！
"爸爸"这小名儿，
是不能白喊的呀
爸爸要给儿子治房产，治田地，
爸爸要供儿子书念！

他早就憋一口闷气，

半辈子不识一个大字，

老遭人家的白眼，

他曾眼巴巴地看着失去

那些本来应该属于他的权利和荣誉！

书中有黄金屋，

念书人不受欺，

念书人脑瓜子活，

会写呈子，告状……

为了这

他开办个私塾馆，

打发乡丁挨家派学捐，

挨家要学生，

（像抽壮丁）。

又亲自从外县

请来位大名鼎鼎的老先生，

这位老先生，

是个落第的举子，

上知天文，

下晓地理，

在他的铜烟袋锅子之下，
曾敲出三个"顶子"：

一个红的，

两个蓝的！
蔡玉山佩服这位老先生，
因为他佩服自己的好眼力！

有着满汉混血的儿子聪明、伶俐
私塾老先生要把生平所学传授给他，
要把生平的晦气传授给他，
于是儿子就考中了第一名，
也就是老先生自己考中了第一名！

儿子考上国民高等，
他以为，"高等"就是"高"人一"等"，
当父亲的有多高兴，
这是祖上的阴功！

每年春天开学，
儿子坐粮车进城，

全家早起来相送，

爸爸起得早，

妈妈起得更早，

爸爸哗啦哗啦数着大洋钱，

交给儿子一个"明数"，

妈妈偷偷摸摸地

在儿子身上塞下了"暗数"。

儿子每年寒假回来，

带来好成绩，奖状，文凭……

他把这些挂在墙上，

挂在嘴上……

五

家，

像过年春联上写着的一模一样：

"越过越有，

人财两旺……"

可是，

"树大招风"啊，

"胡子"把蔡玉山的名字，

列在黑账上，

那夜"胡子"来了，

用枪托、棍棒砸他的大门，

他镇静如常；

从壁下摘下老洋炮，

走到东墙角放一枪，

咳嗽一声；

又到西墙角放一枪，

　　　咳嗽一声……

攻"窑"①的有些惊恐，

"这响窑里，

有多少炮手，

有多少棵枪？"

直到东方亮，

---

①窑：过去，在东北地区匪患频仍。土匪攻抢有钱人家的宅院，称为砸"窑"。"响窑"，即家里养有护院武装的大户人家。

没有敢进去抢。

"胡子"的光顾，
使他的家声远振，
这样，
他又结识了许多豪绅。
他的儿女在高院墙里长大，
给儿子完婚，
送女儿出嫁，
然后用愉快的心情，
等待着孙子，
等待着外孙……

他已是五十几岁的人了，
留起黑胡子，
留起做祖父的尊严，
而他并不像有些准备当祖父的士绅，
预先把自己装扮成比实际年龄更衰老，
咳嗽着
对人生的厌倦，

对儿孙说他已经无用……

他不是这样，
他继续聚财，
他买地又买山，
他富而又富了，

他越富，
越穿的破；
他越富，
越吝啬；
他越富，
周围的穷人越多，
于是他越富，
越心虚，
把家搬到城里。

从此他的族人，
看他就像白日飞升，
把他当圣人，

称他"蔡三爷",
蔡三爷的话就是格言。

第二部

一

这时候
我已经记事了,
记住了外祖父在我脑海里永久的样子:
八字的胡须,
一双专能察觉孩子们闯祸的眼睛,
和两只青筋的手掌,
这手掌,
由于奖赏曾抚摸过我的柔发,
由于过错向我高高地举起
又轻轻地落下……

我记住了,
有着高大骨骼的外祖母,
她整天喂猪、喂鸡,

虽雇了佣人，

她还一天忙的不着炕，

佣工干的活计，

她看不上眼，

事事都要亲自去……

我记住了，

她那倔强的脾气，

由于她固执的主张，

形成了外祖家年节中汉不汉满不满

的祭祀风俗……

我记住了，

外祖父家的门楼是高大的，

在小城的东门里，

高高的院墙，

是我童年的城郭，

我守过城

我出过师，

我一马当先的……

我记住了大门外，
流过的穿洋式衣衫的妇女，
她们虔诚的灵魂和肉体，
正被西山礼拜堂的钟声招引而去……

小城呵，
每个阴暗的角落
都充满着倦怠宗教气息，
我跟外祖父东门外去逛庙会，
南门外去看戏……

我记住了，
小城的街道龌龊而弯曲，
两旁的玉石铺里发出聒耳的琢玉声，
琢磨着著名的岫岩玉，
我有耐性的等待着，等待着
那玉石工人琢下来的不成器的碎玉石……

那阵阵的小城的秋风，
常送来丝房子蒸茧的气味，

那蚕蛹曾引起我孩提强烈的食欲。

我也忘不了那丝房子"走水"①的惨剧

被烧死工人的家属、孤寡哭天嚎地，

丝房子被烧成一片火海；

可是第二年呵，

一片新的缫丝厂，

又在老的地方修盖起，

听说那是东洋人的……

二

外祖父已经是这个城里的绅士，

但不像有些绅士们，

从此告别了泥土，

把农作的节令忘记，

酒楼上去吃酒，

戏楼去听戏。

---

① "走水"：即失火。

他不是这样安排自己，

他仍然保持勤俭习气，

穿着粗布衣，

上面打着补丁，

凭这些，

曾博得多少治家人的赞许。

他在后园，

种植白菜、萝卜，

吃菜不用钱买，

花一分一厘也要算计……

夏天早晨，

后园子的门铃一响，

我知道外祖父已经起来，

我赶快提上裤子……

他种菜，

我浇粪，

并且互相打着赌，

哪棵白菜会长成顶大顶大的。

秋后、霜降，

白菜抱满心，

——那是在外祖父的咳嗽声中和

我的嘟囔声中长成的，

"咱砍白菜吧！"

我多么着急的建议。

可是外祖父却摇头，

"不忙，再叫它长几日……"

一切都准备好了，

地窖，

酸菜缸……

"砍白菜吧！"

外祖父终于发了命令。

我高兴地去找我们打赌过的白菜王，

把它吃力地拔了出来，

放在外祖父家半辈子未换的老秤上，

称一称我们辛劳的成绩，

他多么自信地放在 20 斤的准星上，

而秤砣是在二十五斤或更多些的地方才平衡的，

我们不管谁是输家还是赢家，

都同样的欢喜！

他不言语，

用严肃的目光给我示意，

让我小心地把白菜王送到窖门边晾晒，

但他嘱咐了半天，仍是不放心，

最后还是他自己送去的！

白菜下窖了，

他拍一拍身上的泥土，

戴上银边的花镜，

守着炭火盆，

盘腿坐在老式木椅上，

命令我教他认字，

先认名片子——

这张是农务会长的，

这张是商务会长的，

这些人都同他平起平坐，

称兄道弟。

外祖父靠着这些富绅的帮忙，

在城里买几处好宅第，

在乡下又治几十垧好平地。

他吝啬、自负，

谁都不信任，

连买柴、买豆腐，

都要亲自验秤、争议。

大清早，

他拉着我，

开了大门，

在石街上迈着八字步子，

他的腰常常向前弯曲，

这我知道又是甚"宝贝"被他发现，

那是一根绳头，

也许是一只马掌钉，

他照例把它捡起，

如获至宝般欢喜，

吩咐我送回东耳房的一个筐子里，
（那个筐里已被这些意外之财装得满满的！）
外祖母不喜欢这些碍事的东西
发觉了，会发起脾气：
"他看到什么都是好的，
将来都给他装在棺材里！"
可是外祖母搜集的补丁、破布，
足有两箱子，
棺材也是装不下的！

外祖父和我在柴火市上绕圈子，
不断地询问烧柴行市，
把价钱压到最低，
等早市快散尽的时候，
他才用最便宜的价钱，
把山柴车领到家里，
他告诉我：
"这也要学习，
你姥爷的家业不是大风刮来的！"

但他在士绅的面前，

却讲体面，

摆阔气，

外祖母偏偏不争气，

总在客人的面前哭丧着脸，

骂桌子、骂椅子

摔东摔西……

外祖父明骂她"不开通""小气"，

暗中却夸她："好记忆"，

她能记住客人吃饭的碗数，

在她家住的日数，

和客人送礼的钱数……

外祖母记得住，

她柜橱里有多少坛坛罐罐，

坛子里腌了多少鸭子、鸡蛋；

她记得住

家里有多少箱子、柜子，

有多少把锁头，多少把钥匙……

外祖父夸她有"福"，

她那双大耳朵，
被多少算命瞎子"看见"了，
都说它"主贵"，
可不是嘛，
自从外祖母过门以来，
家就一天天的富起。

三

外祖父的家里，
天天有人下请帖送礼，
不是打官司，
就是告状的，
外祖父是县长的"干爹"，
因为县长是他儿子的同学。
只要"干爹"的一句话，
官司没有不打赢的！

赴宴的红请帖，
摆满了几案，
他伤神地考虑着，

该赴哪家酒宴。

宴会上在耳语轻轻，

"蔡三爷到！"

他真是举足轻重啊！

否则会踏翻全城！

他的耳朵，

时时在搜集类似这样的请教；

"三爷的少的在哪方牧民？"

"少的吗？

自从我东背一斗，

西借一斗，

把他供到北京大学堂，

现在升到省里……"

他的嘴里早就埋伏好这一句，

但却用疏忽的态度回答给对方，

因为儿子在父亲的眼里，

并不算了不起。

他从宴会上回来，
肚里装满了酒肉，
带回更多的恭维和尊敬，
疲倦地靠在老式木椅上，
打着阔气的饱嗝，
享一享清福，
或者，回味一下人生……

忽然又挺身站起，
检查那些送来的礼品，
那一匣匣的"大八件""小八件"……
摆满了红漆八仙桌面。

他有时把放得隔年陈月的果匣打开，
一股发霉的油香冲进了我的脑门，
"吃吧，
外姓人……"
"外甥是一条狗，
吃饱了夹起尾巴就走……"
我一边吃着，

一边听他的牢骚。

我吃饱了，

喝足了，

听他用那沙哑的嗓子，

唱着古老的民谣：

"八月里呀，

八宝坪，

大闹北京李自成，

崇祯爷吊死就在煤山树，

城外逼死了周总兵……"

他沉醉在往事的回忆里，

向我讲起了他的外祖父：

那是一位当过统领的满洲贵族，

受过皇封，

上朝戴双眼花翎……

家大业大，

三岁的孩子都有烟瘾！

后来……

他也弄不清，

反正现在是"国民当政"！

四

一个饥饿的冬天，

外祖父领我到西门外，

看杀人！

小城的郊外十分荒凉，

杀人场上流布着死亡的恐怖，

杀人场附近只有野坟繁生，

杀人场的周围缠绕着旧中国的"太平"！

荒地上挤满了士农工商，

比庙会还热闹几分！

他们都面带着好奇和惊恐，

张望着刀斧手——那以杀人为职业的人。

人海里，

人头滚动，

人声沸腾，

都朝着一个方向张望，

那边，五辆刑车，

每辆车上坐着一个死囚和四个黑衣刑警，
死囚的脸，
被高粱酒烧得通红，
嘴里发出粗暴地叫骂，
掷向他看不顺眼的任何观众……

衰草落叶，深铺旷野，
响着死囚笨重的脚镣声，
他们被推到刀斧手的面前，
裸露着脖颈……
杀人号吹起了，
外祖父的手掌蒙住了我的眼睛。

当我再睁眼时，
死囚们已倒在自己的血泊中，
一群吃惯了人血的坟圈子野狗，
在争舐着血水，
发出噪噪地吠鸣……

秋天，

人头像成熟的果实，
随风落地……
人的心像被秋霜所蒙，
西门外，又增添五座新坟，
小城从此又太平。
西山顶上西洋人的礼拜堂的钟声
依然用虔诚的调子，
为活着的人忏悔，
为死人超生……

我就在这种"平和"的气氛里，
夹着书包上学去……
走过狭长的玉石铺街，
大声念诵"玉不琢，不成器……"

外祖父，
也来去匆匆，
跑遍了小城的粮栈，
询问着大豆的价码，
高粱的行情，

因为他的地租
又一车一车地
从饥饿的屯下送进了岫岩小城……

五

一年春天,
屯下涨河,
那是用整猪整羊丢下河去,
也祭不消的洪水呀,
大水冲走了龙王庙,
冲走了良田万顷。

这消息比事实更糟地传进了小城,
传到外祖父的耳中,
他关心屯下的田产,
关心那影响后代子孙兴衰的坟茔。

他迷信风水,
他怕大水冲断"龙脉",

尤其他已上七十岁的年纪，

还没有抱孙子——

那万贯家财的继承人！

他要回屯下去看好坟茔，

整好风水，

他要向祖宗要来后代根，

他要从坟墓里掘出活孙子！

于是他领着我——他的外孙，

往老家登程。

但是他急也要等待，

等待那出行大吉的日子，

我们坐上花轱辘车，

车上搭着席篷。

车一入了故乡的境界，

外祖父的"天下"在望了，

透过车马的烟尘，

一草一木都唤起他尘封的记忆，

他指着左边的田野说：

"就在这里，

我曾借着月光，

给人家铲地；

现在，

这块地已经买过来了。"

他又指着右边的山冈说：

"就在那座山下，

砍了几捆烧柴，

叫看山狗把我的头打破……

现在，

这座山，那座山，

这片林子，还有那一片……

都是我的了！"

他的手臂整整指了一圈，

然后问我：

"你看到了吗？

我是看不清楚了啊，

你小孩的眼睛尖，

能看得远……"

车轮继续地跑着，

跨过河，

跑过山，

他用小银梳子整理着胡须，

把身子坐得笔直，

把脸朝前面，

他仿佛看到了山外的山，

天外的天，

那是从他记忆里，

也只有从记忆里才能看得见。

车闯进村子，

整个村子都在不安：

"是蔡三爷的车！"

"是老东家的车！"

"是收租要账的！"

"……"

那年轻的人远远地看，

那衣不裹体的女人躲在屋里边，

那老年的佣户不安地走到车前，

在老东家的面前
运用那只有在年节敬奉使用的礼节……

他未发迹的族人走过来，
告诉他关于祭扫祖先的情形，
并且说老坟并没有遭水淹，
他感谢祖上的阴功，
也佩服自己的孝感动天。
他领着阴阳先生，
去看老坟的风水。

在一座向阳的山坡上，
有一块年代久远的林地，
这里埋着外祖家先人骸骨，
像一座石砌的城堡，
这里林立着石碑、石坊、石兽、石像……
这一切都已凋残，
仿佛在隐吐哀怨，
诉说一个贵族人家的衰亡……

外祖父，

向我指着那堆杂草丛生的石碑说：

"从前文官到此下轿，

武官到此下马……"

他在这里下了车，

走进坟场，

他在这里是孩子，

是子孙……

他跪拜着，

他训诫着呆呆站立着的我：

"要敬祖，

要服从长上……"

我并不了解他这些训诫，

只向那古墓投以好奇又恐怖的目光。

阴阳先生，

放好罗盘，

正正方位，

结论是：

"这块田地风水好，

藏龙卧虎，

后代香烟绵绵，

最近两辈要出贵人⋯⋯"

他听说要出贵人，

立刻就想起他的儿子，

现在已经当了县长，

他的眉宇舒展，

放心地

离开老堡，

回到岫岩。

第三部

一

"九一八"，

岫岩这小城，

被日本兵用不懂的语言叫开了。

(小城的门

是卑屈地向皇军笑开⋯⋯)

外祖父，

慌张又镇静，

将银圆埋进粪堆，

又把地照送上天棚，

然后穿起那身长袍马褂，

（他曾用这身衣裳迎来民国，迎来军阀……）

也加入迎接皇军的行列。

"欢迎"行列，

长达几里，

他不前不后在士绅们的中间——

然而，

没有迎来小城的幸运，

杀人场上天天在杀中国人。

小城的外面，

天天鸣着仇恨的枪……

他有些不安了，

偷偷把儿媳送到北平儿子的身边，

自己却像老坟上的鬼魂，

离开乡土，

他不能！

外祖母在忧患中死去，

母亲作了孝子，

命我引着幡，

说这样做能分来蔡家的一半财产！

二

外祖父，

并不感到悲观，

他用民国初年兵荒马乱时的心情，

预言着太平。

"满洲国"，

随着他的预言来到，

"真龙天子"，

应着他的预言兑现；

可是，

天下并没有太平，
他有耐性地等待着等待着——

在他的等待中，
外祖父的"天下"大乱了，
到处响着反抗的枪声……

伪政权恢复了杀头罪，
又运来了东洋的电刑，
税捐产生了繁多的名目，
贫富都不得安生。
屯下的人无法生活，
屯下的地无人耕种，
农民把地照贴在树上，
逃荒离境。
地照在树上，
由白变黄……
那些坐落在山腰的，
贫穷一无所有的茅屋里，
充满了男人们的粗暴争辩，

和女人哭干泪水的眼睛，

"反吧，反吧……"

"蔡三爷老坟上集合！"

于是，

枪集合了，

枪——

老洋炮，

台杆，

左轮子

八撸子

张飞的矛，

关老爷的刀，

和斩龙袍的宝剑……

有的是从蔡三爷老宅子里翻到的，

有的是从关帝庙里扛来的，

有的是从唱野台子戏那征来的，

都在这里集合，

杀东洋！

一个倒下去，

另一个接过来枪和加重的仇恨……

从那天起，
蔡玉山的地租就像断线的风筝，
无影无踪。
他又听说，
屯下起了义勇军，
"周二虎的孙子，
跟着一个中学生，
上了长白山峰……"

外祖父，
恨日本人，
也怕义勇军；
他恐惧地看着，
义勇军的头挂上城门；
又恐惧地看着，
被砍死的日本人。

他因为"儿子在关里"的罪名，

入了一次狱；

又因为他是"从前县长的干老"，

挨过一次折腾，

但是他在狱中没蹲多久就被放出来了，

因为他说自己是

"满洲人"，

把日本官称作"太君"，

把伪县长称作"大人"，

又给翻译官的小老婆送去鹿茸人参……

外祖父，

回到家里，

把大门贴上两张"日满亲善"的标语，

这代替了往日的门神。

然后，

关好大门、二门，

处好近邻，

少接触生人；

说话时要放低声音……

他也曾盼望过，

在关里的"少帅"团练大兵；

他也曾盼望过"老蒋"，

带来和平，

可是他所盼望的，

都渺无踪影。

当他看到了，

乡下"并村"，

当他看到了"皇军"赶着工人、农民，

把破坏的公路修好，

把扒了的铁路接通，

他就不再指望什么，

安心地当了顺民。

三

昨夜灯花爆，

关里捎来一封喜信，

原来他争气的儿媳妇，

为他生了一个胖孙孙！

他不止一次求人给他念着这封降生贵子喜信，
这也是为显显他蔡氏门宗的功德。
他燃起香火，
祭告祖先，
给子孙娘娘上供的馒头，
每个足有一斤，
又托人买了一张"出国"的护照，
打了个通票进关。

一路上，
他打扮成穷人，
像五十年前跑车拉脚一样的谨慎小心，
谁还能猜到，
他怀里窝金藏银……

他下了火车，
进了前门车站，
这是他年轻时候赶大车跑过的"北京城"，
他曾在这里蹲过小店，
挣过也花过银钱。

他来到北京，
想朝一朝万寿山，
想登一登金銮殿，
不过在这之前，
他要先抱抱自己的孙孙。
他花了一元大头钱，
坐上洋车，
洋车把他从前门拉到前门，
转了三圈，
才送他到儿子的公馆。
往里一瞧，
侯门深深，
房舍是宫廷式样，
昔年定住过王公、大臣……

一位婆娘出来开门，
把他误当成乡下穷人，
再不就是贫寒的远亲，
她哪曾想到眼前就是拥有上千垧土地的
"太老爷"大驾降临！

蔡三爷也在上下打量这位姨娘，
她穿得那么讲究，
也许是哪家的太太，
"莫非俺登错了门？"
他哪里曾想眼前这位"太太"却是个女佣人！

蔡三爷刚刚在客厅落座，
进来姑娘一大群，
她们穿着洋式的衣衫，
样子多么难看，
有的像东洋人，
有的像西洋人，
若不是上前施礼称他"爷爷"，
怎能认出这都是他的孙女们！

儿媳妇献上了蔡家的后代根——
好胖的一个孙孙！
"胎里红的孙子呀，"
这不就是阴阳先生预言的"贵人"！

他来到儿子家里的第二天，

就系上麻布围裙，

坐在院里，

像老掌鞋匠人

为全家修补旧鞋，

他每拿起一双总先细细端详：

"多么奇怪的样式呵！"

有的甚至于分不清

哪是前尖哪是后跟！

他为大孙女钉好皮鞋的前掌，

又拿起二孙女的"高跟"……

他一双双地修补着，

时时把自己的手艺欣赏……

鞋都修完了，

便把全家人都叫到跟前，

以创业者的身份，

以祖父的尊严，

先责备自己的孙女们不知勤俭，

又把儿媳轻训：

"哪像个治家人……"
然后把补好的鞋，
一双双地递给它们的主人。

晚间他躺在床上，
翻来覆去地想，
该怎么治理这个走了样的家呢？
该怎么去教育儿孙……

人静夜已深深，
怎么走廊还点着灯？
这要费钱的呀，
哪有一个像过日子的人！

他扶床起来，
披上外衣，
走出房门，
去寻找闭火开关。

他忽然发现婆娘，

走进了老爷房门，

手里端着一个盘子，

里边点着一盏鸦片烟灯……

他看到了这些，

想起了曾经堕落成烟鬼的父亲，

那万贯家财呀，

都是这样化为青烟散尽……

他勉强站稳，

手扶着雕花的栏杆，

走回自己的床榻，

电灯、烟具在他的眼前旋转！

第二天又发现，

他为孙女们钉补的旧鞋，

一双未穿，

又落了灰尘

出现在她们脚上的鞋，

是更奇怪的式样，

更刺眼的花纹……

他盼了多年，
盼望来的都不是他希望中的儿孙，
孤独的老人，
在诅咒着浮华的社会，
是它们呀，
夺走了自己的骨肉！

他失望地离开了北京前门……

四

两年不见，
岫岩小城，
改变了模样，
"中将汤"，
"大学眼药"，
"人丹"，
"白面房子"

烟馆，
还有赌场和妓院，
监狱和杀人场，
把小城扩展了十五里！

小城在肿胀地繁荣着，
人生活在
鸦片烟和自由，
"海洛因和奴隶身份的交易里！"
法律规定着
中国人是"满洲国人"，
敌国是"友邦"，
白面鬼、烟贩、汉奸，
都是"好国民"！
人城变成了鬼城！

那旧日的宾朋，
都出现在吗啡馆中，
那商务会长儿子，
操满口日本话，

分不清是中国人还是日本人。

那老商务会长，

和他当年一样，

在酒席宴上，

夸耀自己显赫的子孙……

外祖父，

身板渐渐不济世了，

他拄着拐棍，

在木行里出现，

他在物色一口赤柏松的棺材料子，

为着自己，

准备着最后的归宿……

五

那是旌旗满山的日子，

那是中国人民受了十四年罪才盼来的

好日子！

胜利，

以不同种族的语言，

在紧急地呼叫小城的门，

小城有些惶惑了，

"胜利"，

是谁的胜利呀？

城门开了，

红色的旗帜，

绿色的军队，

花山树海般的人群……

外祖父，

把战争，

把世界都关在门外！

他七十一岁的老人，

又增添了十四年生活的空白，

他八十五岁了，

耳目已向这个世界半闭，

无力听到新世界的消息。

但是，

他仿佛觉得，

有一种不安的气氛，

在门外流动。

他微露门缝，

把头从狐狸皮领子里伸出来。

"人民解放"……

"屯下土改"……

"工厂复工"……

在他听来是可怕的春雷！

他恐惧地把头缩回去，

又把大门紧闭，

在老屋里踱来踱去，

他当年诅咒过的"老共"

突然从江西飞到他的"天下"里……

激愤、忧郁，

他整天抚摸着自己的寿材，

仿佛这就是他唯一的慰藉。

也许是夜间着了凉，

也许是因为埋藏东西过分惊惧，

他病了，

一病不起，

在一个冬夜里，

在一个黄昏里，

他告别了人世……

母亲从故乡来信，

这样诉说着外祖父的死：

"临终时，

他很想看看你，

说你很有骨气，

被家庭打大的，

打走的，

打远的，

而且能在外边老不回来……"

"屯下的房子、地被人分了，

你外祖父的老宅子，

一共住了五家……
我把他安葬在老坟上，
他生前指定的地点，
头南脚北……"

作于 1944 年—1946 年，
1947 年发表在《中国作家》第二期。

鸭绿江上的木帮

序 曲

小狗叫汪汪，
山里来了穷木帮[①]，
不种庄田不行商，
伐木放排跑大江……
唉咳哟！
伐木放排跑大江……

穷木帮，
苦木帮，

[①]木帮：伐木工人的旧称，也称木把。

木帮汗水顺江淌，

做的呀本是三山五岳木头活儿，

吃的哟本是五湖四海汗水粮。

唉咳哟！

木帮汗水顺江淌……

穷木帮，

苦木帮，

木帮到处没家乡，

靠海修下安东城，

靠山修下老临江。

唉咳哟！

木帮到处没家乡……

穷木帮，

苦木帮，

世间苦处他遍尝：

把头剥削胡子抢，

地主军阀赛虎狼！

唉咳哟！

地主军阀赛虎狼……

鸭绿江水掀巨浪，

长白山上起红光，

关东来了共产党，

砍倒大树见太阳！

唉咳哟！

砍倒大树见太阳！

第一章 天池梦幻

1

似睡非睡，

似醒非醒，

耳边有人喊："于山快起身！

莫误进山好时辰……"

六月里呀，

树关门①，

---

①树关门：树叶茂密，不易进山，称树关门。

太阳星星不能进，
于山呀，进了山林……

穿过杂木排，
一色是松杉，
树比高粱棵子密，
腐叶鸟粪深陷人。
老林里，
阴森森，
沿路敲打索路棍，
飞禽走兽都怕声音。

前不着店，
后不着村，
草木就是引路人；
看山头，
察草叶，
摸摸树木阴阳面，
来将方向认。

走了三天没挖到参，
背来的小米都吃尽。
朝前走，雪封山，
往后看，峰裹云。

耳边松涛滚，
野兽腥臊好难闻。
云从龙，风从虎，
必有虎豹巡山林。
透过树叶看，
一群野猪穿松林。
挂甲①的雄猪头前跑，
有只猛虎后面跟，
好似赶羊群！

都说逢龙遇虎抬"大货"②，

---

　　①挂甲：野猪身上沾满松树油子，再沾上泥沙，越积越厚，
如同铁甲。

　　②大货：指珍贵的大参。

护宝虫守护着千年老人参,

棒槌鸟儿声声唤,

"该我于山交好运!"

2

棒槌鸟,

唤于山:

"哥哥!哥哥!上白山……

老白山,

银光闪闪,

说近真近,

说远真远!

一会儿隐没林海,

一会儿又出现眼前……

都说此山哟是银山!

都说此山是宝山!

你能为受苦人养家糊口，
你能为受苦人开下庄田……
多少人投奔你来哟，
忍受饥寒……

一片池水入眼帘，
这池水说绿不绿，
说蓝不蓝，
江山秀气摄中间。
那林鸟，那群山，
那云彩，那苍天；
那一切的一切哟，
都收在这里边！

莫非这就是天池水？
莫非这就是三江源？
传说它上通天河，
传说它下达龙泉，
那松花江热情的歌唱，
那鸭绿江汹涌的波澜，

那图们江万马奔腾的力量，
都来自你无底深渊……

于山走近天池水，
水里照出一穷汉：
身穿破衣衫，
一缕树皮拦腰缠；
女不女，男不男，
长长头发擀成毡，
汗泥尘土遮盖真容颜，
是人是鬼难分辨！

山里过两年，
好人也把鬼来变，
清水照出穷汉影，
不认自己是于山！

口又渴，
舌也干，
双手捧喝天池水，

清凉解渴心里甜。

于山喝了两口天池水，

忘了饥寒力量添。

于山喝了三口天池水，

头脑清醒开了眼。

看！看！

水中金龙现：

金龙飞舞银浪翻，

水底的云彩在流动，

水底的山峦在摇撼……

金龙飞近了于山，

有个胖孩儿龙背上站，

通红兜肚儿像火焰……

福至心灵，

时来运转。

于山大喊一声："棒槌[1]！"

———————

[1]棒槌：人参的俗称。

东山响，

西山传，

南山喜，

北山欢……

花点头，

柳枝弯，

百鸟齐来贺于山：

恭贺于山得宝参！

恭贺于山回家去团圆……

参孩儿，

跳窜窜，

忽远忽近，

时隐时现……

于山紧追赶，

飞脚上高山，

耳边风声响，

足下起云烟……

"棒槌精！棒槌精！

你下海我追你下海，

你上天我追你上天！"

参孩儿没下海，

没上天，

钻进红松根底就不见！

3

这一带草儿格外绿，

花儿格外鲜，

火红一片全是"六品叶①"，

一苗苗朝着老于把头点！

高大的红松为它作华盖。

红松高打青罗伞，

绿草红花来陪伴，

于山走来都把道路闪……

放山的②老规矩，

---

①六品叶：多年生山参，生六片叶子。

②放山的：指挖参、采药人。

先拿火抽袋烟，
试试挖参的刀子快不快，
鹿骨簪子尖不尖。

三尺以外来破土，
怕伤根须不值钱！
日出挖到日偏西，
宝参得见三光得见天！

锦皮细纹像婴孩，
须眉皆白似老年。
掂掂分量过八两，
这苗宝参寿千年！
剥张桦皮来打包，
满心欢喜暗盘算：
卖上银圆几百块，
好会妻子刘银兰。

于山正把宝参背上肩，
忽听一声虎狼唤，

打个冷战翻个身，
这梦做得好香甜！

4

阎把头把工人喊，
于山一场好梦被惊散。
揉揉惺忪的眼，
心里的滋味苦水拌。

伙房大师傅喊开饭，
于山迷迷糊糊摸饭碗，
锅台沿上乱哄哄，
里三层，外三层，
围了个不透风！

菜汤一锅四下滚，
冻萝卜条子一根根，
像急流里的原木上下翻，
把木帮们吸引。

打捞啊，打捞，

它比"六品叶"还难寻，

它比参孩儿还讨人喜欢。

一把菜勺子，

在几十个饿汉手里传来传去，

老木帮们，

在阎把头的辱骂声中吃着下眼饭。

一半人还空着肚子，

一半人还舍不得放下空碗，

阎把头举起棍子往外赶。

5

于山端了满满一碗汤，

走到"老海南"的铺跟前，

"师傅，师傅您睁睁眼，

喝了这碗汤准能见点汗……"

阎把头，满屋窜，

手举松明子四下看：

"那是谁还在炕上躺！
于山是你，怎还在屋地转？"

"师傅昨夜受风寒，
让他歇一天，
两个人的活计由我一人担！"

阎把头装作没听见，
远远冲着"老海南"喊：
"还不爬起来！
等我拿轿抬？"

"老海南"披衣衫，
牛皮乌拉脚上穿，
摆手不听徒弟劝：
"不怕他马王爷三只眼，
怕的是你们流送木头没经验，
这段河道常出险，
我怎能闭着眼睛不去管！"

第二章　刀尖上边过时光

1

山下是深秋，
山上已入冬，
没等到霜降，
河上结薄冰。

老白山还在梦中，
一簇簇黑影就在岸上移动，
工人将原木推到河里，
"扑通"一声把山林唤醒。

北风呼啸，
把头催命，
他怕小雪封河，
大雪把山封。

寒暑骤变，

山地风冷，
轰隆！轰隆！
半个山头从天降落，
好似地裂山崩。

大自然的恐怖，
冰雪的袭击，
把头的叫骂声，
不离木帮的头顶！

流送，流送，
木帮赤着脚板踩薄冰，
大铁钎子三十斤重，
一下一下捣碎河上冰。

流送工人迎风浪，
脚踩浮木往下放，
哪里搁浅哪里奔，
迟到一步出故障。
原木如虎狼，

会赶河①的像赶羊，
不会赶河的喂虎狼！
于山骑着木马往下放，
刀尖上边过时光！

于山今天心不顺，
浓眉紧皱锁乌云，
海南老家捎口信，
连年荒旱饿死人！
于山上养老，下养小，
三年没寄回钱分文，
骨肉分离像卖身！
耳边河水响，
好似妻女喊亲人，
昨夜梦境似真情，
哪年哪月回家门？
头上大雁嘎嘎叫，
飞往海南把窝寻。

---

①赶河：赶河流送木头的行话。

苦命于山不如雁哪，
关山难越大海深！

"雁哪，雁哪，
你知寒暖又知音，
托你捎个口信给银兰，
叫她家中将我等，
等到来年三月三，……"

于山正叨念，
耳边哨响浪花翻，
木头流送到闸口，
好似跑马和射箭。

2

开闸号子唱三遍
松柏杨柳要闯关，
头道关哟——
大沙滩！

二道关哟——
急流湾！
三道关哟——
阎王殿！
今年河水浅，
关上又加关！

山水急，
河道险。
一根船材堵闸口，
好像铁门闩，
木头积压垛成一座山！
一河木头乱了营，
恰似野兽困山涧！

银水白白淌，
金水空空流。
阎把头蒙了头，
叫人买烟又打酒。

白干没人喝，
香烟没人抽。
烟是迷魂烟，
酒是活祭酒！
木帮不理睬，
饿啃糠窝头。

河水憋得哗哗响，
响的是柜上金银钱。
把头脸，河水般；
一阵青，一阵蓝，
他对软的逼，
他对硬的骗：

"木头送不到江，
柜上不开钱。
俺打了饭碗是小事，
大伙挨饿可别怪咱。
想要劳金的快下水吧，
不想干的就站干沿！"

3

木帮"老海南",

坐在岸上早看清,

手指闸门那根原木：

"是它横住闸口不放行,

挑开此橙①开百橙。"

把头请他挑橙他不应,

绝不给柜上去卖命,

威胁利用全无用,

风沙再大也迷不住他眼睛。

阎把头急发疯,

打无用,

骂无用,

看着流水他心痛。

这是今年最后一场水,

水过小河结冻大河封……

---

①橙：木头插垛称橙。

一河木头值百万，

哪头重来哪头轻，

把头心里有杆秤。

他朝人群喊连声：

"想发财的来挑橙！"

有人问他出多少？

他说："开个双份劳金还分红！"

木帮朝着闸门看，

孤橙封闸太危险，

木帮摇头不肯干，

"几个臭钱买不动咱！"

河水憋得哗哗响，

一刻丢千元。

把头洋钱地上摔，

不多不少五十块。

夕阳照着银子光闪闪，

银子来晃穷汉的眼。

木帮"老海南"，
瞅着银子想从前：
当初有个穷汉"老山东"，
想挣这份卖身钱，
砸进乱木堆，
尸骨都不全！

一遍不行喊二遍：
想骗木帮心动弹。
"老海南"嘴里直叨念：
"年轻人，往远看，
人穷志不短，
这钱千万不能贪！"

阎把头斜眼翻，
看看水，望望天，
天上飘小雪，
河水快淌干。
过这村，没这店，
多花百八也上算——

"再加五十凑个整儿，
两个金戒指当酒钱，
谁要挑橙先找保，
公平交易两不怨。
本人要有个三长和两短，
银钱给他捎家园……"

4

于山看看银子钱，
想起家中生活难，
五十块银圆拴挂车，
一百块大洋能把饥荒还。
转身他把后事托师博：
"你老人家多照管，
俺要有个好或歹，
银钱代劳送银兰……"

"老海南"刚想去阻拦，
阎把头横眉立目跟前站。

师傅只得默点头，
含泪捡起地上卖命钱……

阎把头换副笑脸满上酒，
双手捧送称"好汉"，
"老于你帮了俺的忙，
今后柜上把你另眼看……"
于山接酒为御寒，
咕嘟咕嘟酒碗干。

手握刨钩离河岸，
飞人一般涉水面，
艺高人胆大，
脚踩木马水不沾。
风又大呀浪又险，
于山直奔木垛箭离弦……
老木帮心里暗祷念：
"山神爷保佑咱于山……"

于山放眼四下看，

一棵船材堵住闸门口，

好像根骨头卡住嗓子眼，

难吐又难咽！

大斧一声声，

山林都震惊，

雄鹰展翅飞，

虎豹跳涧行。

于山头上像蒸笼，

破褂子汗水拧，

木头欲断咯吱响，

眼看木垛垮下人没命。

"老海南"岸边紧传话：

"于山快往水底扎！"

话未了，垛散架，

轰轰隆隆像天塌。

这岸呼兄弟，

那岸喊于山，

两岸工人全下水，
要救兄弟早脱险。
阎把头不耐烦，
催促木帮把河赶；
"生有处，
死有地，
阎王叫他三更死，
谁能留人五更天？"

水里冒泡一串串，
怎么不见人上岸？
"老海南"一个猛子扎进水，
哪管冰水寒！
一把拉住于山衣裳领，
用尽力气拖上岸。

脱下湿衣拧又拧，
众人拾柴把火升，
木帮都庆幸：
"于山捡条命！"

第三章　蹲　店

1

三月打清明，

木帮下山岗，

有家的回趟家，

没家的"跑腿子"蹲店房。

猫耳朵山下猫木帮，

临江是座老店房，

红布店幌满街巷，

招引山里穷木帮。

大店叫，小店喊，

见到木帮就抢行李卷：

"住店，住店，小店兴赊欠，

开工一起算，

没有这么贱！"

悦来店，对面炕，

炕头炕梢都挤满，
见缝插针找地方。
这里就是"跑腿子"家，
山柴烧得噼啪响。
风门子老是关不上，
来人就往炕里让。

掌柜的大局摆个全，
牌九骰子带麻将，
酒色财气全来了，
木帮劳金都输光！

不喜欢这套来那套，
"老驴市"，四等娼，
黄昏出小巷，
去拉木帮破衣裳：
"关个门，拉个铺吧，
缝缝补补不记账……"
于山羞红脸，
像个大姑娘，

慌忙回小店，
不敢街上逛。

2

于山蹲店过严冬，
悲惨的故事离奇的梦，
听段说唱来把长夜送。

说的是——
从前有个穷木帮，
严冬放树老山上，
忽听山后喊救命，
走近一瞧是口红躺箱。

举起斧头砸落锁，
救出一位新嫁娘，
身穿新人红棉袄，
一行泪珠挂面庞。
送她回家她没家，

一心要跟穷木帮。
哭诉她是贫家女，
财主逼债做偏房。
恶霸抢人打死爹，
她娘撞死喜车旁，
她坐车上生气死，
一场喜事变发丧。

迎亲喇叭吹出哭丧调，
财主家人来送丧，
抬回家去不吉利，
亲戚朋友脸无光。
陪嫁大柜充做棺材用，
把她扔在荒山上。

她在柜中缓过气，
感谢好心穷木帮。
她求木帮收留下，
誓死不嫁财主狼。

北风吼，夜深沉，
添把柴火暖暖身，
炉火烤着木帮脸，
再说山里受苦人。

说的是——
有个木帮"老山东"，
长白山里受苦二十冬，
山沟里收留穷家女，
四十多岁才把家成。

成了家，拉饥荒，
跑回山里谋营生，
临行老婆泪盈盈，
说她怀了孕，
早去早回程！
老山东一到山里送了命，
女人在家把子生，
孩子落草扔进破庙里，
他娘死在产后风……

于山听了心肠动，
不禁从旁问一声：
"那个孩子还活着吗？
他叫什么名？"

"苦根上长，
苦秧上生，
木帮干粮养活大，
算来已有十三冬……
爹没罪，娘没罪，
孩子却在人间受苦刑，
严霜单打独根草，
也许久后能成龙……"

3

故事讲得心沉重，
冬寒夜深寂无声。
风门子"咯吱"欠道缝，
露出一双孩子大眼睛。

阎把头察觉喊店东：
"快把穷小子往外轰！
老子的牌兴刚上来，
别叫小要饭的冲喜星！"

于山看见孩子好心疼，
他寒天冻地光着腚，
一把推到炕里头，
店东面前去说情：
"店钱木帮出，
饭食木帮供，
天气这么冷，
撵到外边准没命！"

"老海南"递给孩子一块糠饼饼，
他狼吞虎咽进口中。
问他有家他没家，
问他姓名没姓名。
木帮后代木帮爱，
工人骨肉工人疼，

木帮送他个土姓名：
人人呼他"小山东"。

4

南炕传来阎把头怒骂声，
这回押宝输个净，
输了八十个劳金八十个工，
想要捞本手头空。
把心一横抽出腿叉子，
腿上割肉带血腥，
掂掂分量过二两，
连皮带肉押"青龙"：
"庄家赢了拿回包饺子，
若是输了赔俺人肉十斤重！"

庄家是个胆小鬼，
要动武的怕吃亏。
叫桌酒席交朋友，
八十个劳金全退回。

阎把头从此打出个大光棍，
土豪劣绅都敬畏。

5

阎把头设赌场，
诱骗穷木帮，
输光劳金就得白给他干一年，
于山不肯上他当，
"玩玩"就动真刀枪，
铺盖行李全进"当"。
有个穷汉想去碰运气，
一年劳金全输光。

输光了劳金输光了人，
当牛做马太屈冤！
冬日小店愁又冷，
赊杯水酒暖心田。
冷酒下肚晕沉沉，
像放木排似驾云，

实指望忘掉愁和苦，
哪曾想酒醉愁更添！

醉木帮扯开喉咙唱：
"伐木放排呀八九年，
家中撇下老小受饥寒，
撇下呀老小谁可怜……"

破胡琴拉得呜呜叫，
好像怨苍天，
拉了一曲不成调，
拉了两只软绵绵。
只因为呀，
缺少一根硬弓弦！

于山实在听不惯，
越听心越烦，
抓过胡琴拧紧弦，
一曲怒歌冲云天，
松涛滚滚风雷吼，

心潮澎湃巨浪翻。

恨当年受了把头骗，
撇妻舍女离海南，
老父扛活吐血死，
妈妈病死饥荒年；
欠下地主棺材债，
抢走姐姐当丫鬟；
妻子刘银兰，
困在老家盼于山。

满腹冤仇深似海，
江水滔滔吐不完。
指间猛增三分力，
石裂山崩断了弦！

6

巨石裂，万谷鸣，
山山相映起回声，

熟睡木帮都惊醒，

有的说是春雷动，

有的说是山哮崩，

有的说是开江龙出行……

开江了，开江了！

人奔江边来……

文开就地水，

武开跑冰排①

十年九不遇，

赶上个大武开！

江雾蒙蒙，

江水暴动，

巨大的冰块，

互相击碰。

好似金声玉振，

---

①文开、武开：文开指江水逐渐消融，武开指江水爆裂。

好似击鼓鸣钟，

好似千军万马，

好似炮声隆隆……

7

开春，

开江，

开工，

开跑……

阎把头跑店把工招，

"有下南海的没有？

老手把大洋三十六块，

新手把吃喝都管饱。

过了清明就开跑，

四月十八娘娘庙，

二十八老爷庙，

安东庙会真热闹。

西洋马戏到，

女人长个鱼身子，

听说是个美人妖……"

把头骗人使尽鬼花招。

他吹嘘排上阔排场：

"开酒馆，设赌场，

排上有花房。

吹打弹拉唱，

龙宫比不上！"

骗人去上当！

"小山东"十三岁，

要当木帮找大柜，

阎把头看见往外攮，

"我这不是要饭花子队！"

于山拉过"小山东"：

"大叔领你逛趟安东城……"

于山放排手艺精，

阎把头亲自来聘请：

"你是柜上老臣熟工匠，

这回下南海抢个头排放，
木头卖个好行市，
柜上额外有犒赏。"

于山没有争劳金，
他替"小山东"把情讲：
"这个孩子没依靠，
把他放在俺的木排上！"

第四章　排夫谣

1

鸭绿江，
木帮的江，
冬天冰封江，
春天排封江，
穿上眼儿
编好木排，
一张接一张，
封锁了鸭绿江！

天刚蒙蒙亮，
木排摆进江。
木帮不梳头，
排夫不洗脸，
瓢泼大雨呀洗胸膛。
太阳出来万道金光，
是件宝衣裳，
披上它呀暖洋洋。

于山放排是能手，
抢风又抢浪。
江上木排能上千，
于山排跑头一张。
头把手，不好当，
水深水浅用眼量，
什么旋涡什么水，
什么礁石什么浪，
心里都有账。

鸭绿江上哨口①凶
有名的暴哨二十四，
无名的礁石满天星，
个个要记清。

唱起排夫谣，
荡桨作琴音，
大江来伴奏，
从早到黄昏——

"日落哟西山黑了天，
喜鹊老鸹奔高山，
艚船靠了岸，
牛羊赶下山，
家家户户冒炊烟。
排夫肚子咕咕叫，
还在浪里翻。"

---

①哨口：急流险滩。

"叫伙伴,

睁大眼,

左边是块阴阳石,

右边是片大险滩,

当间还有个鬼门槛,

伙伴们用力划呀,

闯过鬼门关……"

2

"小山东"头回放排像驾云,

眼眩头又晕,

山岭向前跑,

树林向后退,

"小山东"像喝醉。

夜深木排才靠岸,

"小山东"病倒没吃饭,

于山上岸讨块姜,

想给孩子烧碗辣汤发发汗。

地主大门上了锁，

二门上了闩，

放出恶狗咬于山。

"地主老财你黑心肝，

不该把俺木帮下眼看！

做下亏心事，

你才把门关，

早晚跟你把账算！"

3

风报警，

山戴帽，

江水翻花开，

燕子冲云霄。

又是雷，

又是闪，

大雨山外来，

遮地又盖天。

清水丢，浑水来，
大水头比墙高。
这大水把头发横财，
这大水木帮命丢掉！

狂风搅黑浪，
噩耗传江上，
艚船沉江底，
大豆顺水淌……

水里喊救命，
风雨掩哭声，
人也喊，江也嚎，
孤儿寡妇泪滔滔，
鸭绿江呵涨了潮！

雨不住，风不息，
庄稼遭水淹，
水涨漫屋脊。
木排一停三五日，

阎把头着了急，
吩咐一声敲梆子，
催促排工把排启。

于山说："天像黑锅底，
还有暴风雨。"
把头摇头不搭理，
心里有算计——
安东木价涨破天，
不能放过好时机，
工人空着两手岸上待，
百十来号人的闲饭供不起。

阎把头跑东又跑西，
查看排上人手齐不齐，
数来数去短把棹，
原来是"小山东"一病爬不起。

阎把头假装关心来瞧病，
怀里掏出个牛掌灯：

"俺给你放血止止疼，
保险治好你的病！"

于山过来护住"小山东"，
指责把头虐待小童工：
"你这哪里是治病，
分明给孩子上肉刑！"

阎把头恼羞成怒发雷霆，
一把揪起"小山东"：
"快去扳棹别装熊？
排上哪有闲饭供！"

4

阎把头板斧一落锚绳断，
排像断线小风筝，
随着浪头上下滚，
好似芦席阵旋风。

为抢好行市，
为争上头风，
阎把头心想发大财，
哪管工人命！

江水往上涨，
明礁变暗礁。
舵棹分不清，
瓢泼大雨蒙眼睛。

山岩面狰狞，
悬崖投魔影，
暴哨凶似虎
来到抽水洞。

抽水洞，
通海眼，
它归龙王管，
股股急流似利剑，
穿透石劈开山。

旋水窝子鹅毛沉，
排夫人手不够用，
"小山东"带病扳大棹，
大棹似有千斤重，
头发沉，脚发轻，
大棹一撅人起空。

于山看见孩子落了水，
翻身一跃跳水中。
抓住孩子衣裳领，
木帮奋力救上"小山东"。
一个浪头打过来，
浪把于山卷进抽水洞……

5

连连打沉三张排，
阎把头这才叫排停。
打捞上木头他高兴，
打捞上尸身他扫兴！

木头捞起编新排，

人死不复生！

木帮年年伐松柏，

鱼肚子成了活棺材！

于山落水无踪影，

江流呜咽哨口鸣。

山作证，水作证，

阎把头坑害九条命！

第五章　盼木帮

1

安东城，

伐木工人修下的城。

二十里江沿，三十里街坊，

开的呀都是老木行。

沙滩上支起小布篷，

做买卖的挤挤拥拥，

单等木排下安东。

木帮谁不想？
木帮谁不盼？
木帮到安东县，
猪狗都换饭！

木行老板盼木帮，
发财全在他身上；
赌场赌棍盼木帮，
要把木帮腰包都挖光；
和尚道士盼木帮，
木帮迷信也烧香；
说书唱唱的盼木帮，
木帮爱听绿林豪杰英雄将；
缝穷的大娘盼木帮，
穷人爱把穷人帮；
讨饭的孤儿盼木帮，
木帮大叔舍干粮……

都说今年木排下来得早，
四月十八来赶庙，

可恨老天不作美，
瓢泼大雨不住浇。

江上起大风，
吹散买卖刮走棚，
桃花水下来江水涨，
快漫天后宫。

大水头，像凶龙，
鱼鳖虾蟹作浪凶，
一片黄澄澄！

谣言江上起，
凶祸波中生：
"上游木排打沉几十张，
多少排夫丢性命！"

2

银兰母女寻于山，

漂过大海乘帆船，
吐七天，晕七天，
苦海仍无边……

来到安东算一站，
举目无亲困小店，
银钱全花完，
天天盼于山。

年轻媳妇头回出远门，
遇事直发蒙，
抱着小凤莲跑江沿，
算卦先生案前卜吉凶。
卦摊生意真兴隆，
金钱银钱响叮咚，
算命瞎子成了指路灯！

算卦先生装神弄鬼，
撇下金钱问神明：
"观此卦，求财空，

好事难成，
人在路上有灾星！"

"年头凶，
阴间又挑兵，
死的都是青壮丁。
今年木排沉得多呀，
都因为龙王爷修龙宫，
要木头，抓民工，
没有木帮龙宫盖不成！"

银兰听罢心无主，
眼跳耳又鸣，
似癫又似疯。
银兰只怨于山心太盛，
赌气闯关东，
这一去呀整三冬！
人财两空！

3

木排下来了！
木排下来了！
木行老板呵呵笑，
江上漂来金元宝。

木排下来了！
木排下来了！
木帮家属心头跳，
怕的是亲人的影子望不到！

木排下来了！
有人哭，
有人笑，
有人发横财，
有人江里跳！

阎把头的木排下来了，
排窝子里边等行情，

东洋不买，
西洋不要，
关里商客压行情。
荒年乱月银根紧，
谁还来把土木兴？
木头堆成山，
一色老红松，
就是没人还价冷清清！

阎把头打听木头落了价，
克扣劳金保利红，
"三七""四六"扣得狠，
工人个个起怨声。

4

银兰听说于山遇了难，
有个排夫亲眼见。
老天降下杀人刀，
千把万把心里搅。

一口鲜血满地喷，
银兰哭得头发昏。

木帮看见心难忍，
叫她去找阎大柜。
"老于劳金柜上存，
人死还发葬老金，
快去领取作盘缠，
回到山东去投亲。"

银兰酒馆里寻到阎把头，
老狗喝得醉醺醺。
他顶替死人儿，
顶替死人孙，
冒领葬老金，
吃喝嫖赌把乐寻。

他见到银兰耍无赖，
流氓手段使出来：
"于山欠我三百块，

夫死妻还债！"
说到此处换笑脸，
狗眼总在银兰脸上转：
"看你年纪还不大，
再走一家也不晚……"

银兰听了羞又恼，
指着把头骂天杀，
"于山给你卖性命，
人死不饶咱孤寡！"

风雨里小女淋出病，
口吐白沫抽起风，
"凤莲凤莲快醒醒！
娘的心肝娘的命……"
银兰越哭越伤心，
跑来个女人认干亲。
看她年纪过五十，
满脸妖气拍官粉。
见面就喊"干闺女"，

劝慰银兰放宽心：
"有什么难处干娘来做主，
先给你找个住处安下身……"

胖手摸摸孩子头，
大惊小怪喊"烫手"，
"快去请先生，
晚了要喂狗……"
她从荷包里挤出两块钱，
催促母女跟她走。

银兰看她不是正经人，
紧紧抱住女儿不放手，
饿死也做清白鬼，
不能胡认这门阔"亲友"。

这老婆子开妓院，
老相好的就是阎把头。
趁着银兰有危难，
二人定计想把人拐诱，

把银兰母女卖到烟花巷，
今生今世再也难出头。

天也不能靠，
地也不能求，
人穷志不穷，
谋生要靠一双手。
挂个袜底当幌子，
缝穷补破混码头，
一针线来一针活儿，
孤儿寡妇难糊口。

5

穷木帮，
没有家，
裤子露了肉，
棉袄开了花。
银兰是亲人，
穷人是一家，

针针密密缝，
线线厚厚补。
破褂补成新夹袄，
烂裤补成厚夹裤。
巧手换来好人心，
见到银兰都帮助。

秋风起，天气凉，
银兰木排市上缝穷忙，
从排上下来个老木帮，
求她补件破衣裳。

银兰见衣裳，
两眼泪汪汪，
熟悉的针线，
熟悉的活计，
粗蓝大布自家纺。
银兰怎能忘?
手拿针线纫不上!

老木帮忙一旁，
莫非内中隐情藏？
俺这衣裳本是于山送，
冬天暖和夏天凉。

看她装束像个山东人，
听她口音是同乡，
为什么这个妇女穿孝服，
白布蒙鞋帮，
身边还偎一个穿孝的小姑娘……
一看便知这家丧亲人，
无依无靠落异乡……

银兰见衣如见人，
人亡物在好心伤！
断线珍珠亲人泪，
一点一滴湿在汗衫上。

"莫非你是于山屋里的？
我每下南海就打听……"

银兰听唤于山名，
母悲女哭不成声。

哭得大伯心肠动，
弯腰抱起小姑娘，
树结籽、花遗香，
于山还留一棵秧！
莫要哭、莫要嚷，
莫要叫爷我太心伤。

衣裳不穿心里暖，
物还原主作纪念。
"阎把头、狼心肝，
孩子长大报仇冤！"
怀里掏出钱一卷，
半生积蓄交银兰：
"不用推辞不用谢，
不用数点不用还。
你问我的名和姓——
同乡同里的'老海南'……"

船票都买到，

银兰准备回山东。

无边大海起风浪，

东洋来了日本兵。

侵占东三省，

火烧安东城，

车船都不通，

母女断归程。

第六章　算　账

1

"老海南"老家住大海南，

木头渣子啃了三十年，

放过洋木，

做过皇木，

长白山都跑遍，

什么兽都看见，

就是没遇到像日本大柜阎汉奸，

这么样的凶，

这么样的贪——
吃人不眨眼！

"老海南"什么苦没尝遍，
亡国奴的滋味赛黄连！
他和阎把头是同乡，
同乡的性体不一般，
一个卖苦力，
一个卖良心。
太君喜欢黑心人，
二三百号人交他管，
要比县长的权力大三分！
阎把头变成阎大棍，
阎大棍子人人恨！

当年他把"老海南"骗到长白山，
说什么：
来到关东山，
头一年挣条驴，
第二年能挣个婆娘把家安，

山里干上三五年，
给个县长都不换。

"老海南"来到长白山，
头一年给把头拉磨当驴使，
第二年衣裳都穿烂，
学会婆娘做针线，
缝缝补补过年关。

2

往常过年工人兴探家，
今年探家串亲一概免，
敌人怕逃散，
三层电网圈，
半夜去解手，
裤子不准穿。

木帮难忘年节老风俗，
香纸蜡供是赊账，

迎接财神穷神到，
迎接喜神心悲伤。

木帮过除夕，
鞭炮不许放；
抗联吓破敌人胆，
怕火怕烟怕屁响！

传说除夕神鬼聚，
死难的伙伴能返乡，
"老海南"给于山烧香纸：
"徒弟，徒弟，快来领钱粮"。
明知这是迷信令啊，
木帮烧纸情义长……

风吹纸火亮，
有个黑影雪地晃，
熟悉的身影熟悉的脸，
认出是于山回木帮。

你看他,

眼发直,

脸发蓝,

不言不语走上前。

莫非冤魂不肯散?

来找阎把头把账算?

木帮老伙伴,

分别四五年,

是人是鬼先不管,

总算见一面!

木帮不怕鬼,

死活只隔一张蒙面纸,

阴间阳世都有阎王殿.

木帮哪里都受罪!

十八层地狱算个啥?

酸甜苦辣一个味!

摸摸于山手,

拍拍兄弟背，
嘴里还有温乎气，
于山不是鬼！

3

于山自从排沉抽水洞，
身不由己往里钻，
碰着一堆乱木头，
困在洞里整七天，
饿了就吃生螃蟹，
阴风阵阵透骨寒。

一直熬到江水退，
死活闯出鬼门关。
身子虚弱任漂流，
头顶撞礁血如泉……

等他醒转来，
身子已经卧在渔船上，

一位大伯给他包伤口，
身穿朝鲜白衣裳。
老人会汉话，
认出于山是木帮，
于山感谢老人救命恩：
"今生来世不能忘！"

老人回答多豪爽：
"咱们两国住的对面炕，
同烧长白山上柴，
喝水使的是一口缸，
——甜甜的鸭绿江！"

老人名叫朴龙镇，
鸭绿江边孤苦人，
爷俩越唠越亲近，
于山趴地磕头认干亲。
船上养伤半年多，
老人没讨钱分文，
还教于山朝鲜话，

同舟共济一家人。

"九一八"炮声响，
安东惨遭大火焚，
于山闻知念祖国，
告别老人往回奔，
老人亲自划船送，
风雨茫茫夜沉沉。

3

一路要饭下安东，
安东不认旧朋友，
大店不收，小店不留。
疑他是游击队便衣探子，
怕他是化装的胡子头。
兵荒马乱鬼年月，
一夜几番查户口。

于山寻妻没下落，

小店伙计说情由：
"阎把头心坏透，
想把银兰人拐走。
木帮们帮她逃出安东县，
若不定然落虎口。"

听说母女遭磨难，
胸中怒火又浇油，
于山到处寻找仇人，
铁匠炉打了把利斧头，
心急火燎奔山里，
看你阎王长了几个头？！

5

十冬腊月年关近，
冒着风雪山里奔，
翻过孤岭穿孤坟，
投过孤庙宿孤村。
孤雁不成行，

孤木不成林，
于山思念银兰妻，
往日恩爱似海深；
于山思念小凤莲，
女儿牵挂在父心；
老于怀念旧伙伴，
天下穷汉根连根。

于山绕过小山沟，
趁着雪大夜又深，
木把进山鱼得水，
好似鸟雀投山林。
水水都带乡土味，
树树都像老街邻。

于山进山里，
有了朋友有了亲，
见到老于都挽留：
"阎把头，虎狼心，
莫再跟他混，

咱这缺把锯，

你就安下身……"

人活一口气，

树活一张皮，

老于爱使板斧不使锯，

要将大树连根劈！

6

阎把头见于山，

疑是冤鬼讨债还。

世上哪有鬼，

只因为把头心里有鬼神不安。

老于见到把头怒气添，

两句话没说要工钱。

把头知道老于来算账，

面带冷笑把账搬。

穷人的血汗记上边。

管账先生放声念，
算盘珠子响连天。
某年赊过一双鞋，
某月领过一身单，
胶鞋要比金鞋贵，
单衣贵过三身棉。
那年把头老妈作大寿，
于山尚欠寿礼钱，
黑驴打滚利滚利，
滚去了劳金反倒欠！
阎把头放下账本把手伸，
"你若死了钱白捡，
人还活着得还钱！"

苦三年，累三年，
做出的木头堆成山，
把头剥削发横财，
多少工人葬白山！
要清算！要清算！
血债要用血来还！

于山攥铁拳：
"乱年世道你把人口卖，
迫害银兰逃边外，
多少工人你害死，
今天和你讨血债。"
算得把头话理短，
算得把头打寒战。
恼羞成怒掏手枪，
威吓于山"要造反"。

要造反，就造反，
于山挺胸冲上前。
"老海南"一看徒弟要吃亏，
强拉于山出房间。

老于骨头硬似钢，
宁折不能弯！
血汗劳金把头吞，
一家骨肉他拆散。
到哪能评这个理？

到哪能诉这个冤？
柜房就是衙门口，
把头他坐阎王殿！

木帮都来劝：
"老于快离山，
阎把头当汉奸，
手里攥着生杀权……"

"我走也得带着老狗的头，
不能让他活过这个年！"
放树的斧子手中攥，
于山动杀念。

7

于山磨斧声霍霍，
声如沉雷震山河，
开江裂冰大山哮，
滔滔江水起浪波。

于山磨斧声霍霍，
从早磨到日头落，
石成碎粉铁成末，
利斧放光锋刃薄。

于山磨斧声霍霍，
账房先生犯疑惑：
"你把斧子磨又磨，
这快当的家伙干什么？"
干什么？干什么？
老于回答费思索：
"山里豺狼虎豹多，
走路得随身带家伙！"

于山磨斧声霍霍，
满腹冤仇对斧说，
"当初用你开山岭，
今天使你斩妖魔！"

抡起斧头试新锋，

手起斧落树断折，
"斧头斧头成全我，
要叫把头狗头落！"

于山提斧进酒铺，
酒铺过年生意多，
利斧放到柜台上，
掌柜的吓得直哆嗦。
于山大手伸上去，
"快快打酒给俺喝！"
掌柜的看他气色不大对，
借口年关酒不赊。

老于脱下棉袄扔过去，
过冬棉袄换酒喝。
逼着穷汉没路走，
他要和把头拼死活。
于山接酒正要饮，
一只大手忽将酒碗夺
烈酒还到酒家手，

换回棉袄把话说：
"老弟要喝别处喝，
这酒没劲掺水多。"
那人目光坦率话诚恳，
老于难把情面破。
两人并肩出酒店，
小树林里唠起嗑：
"老弟心思我猜到，
必有闷气心中窝。"

于山低头暗思索，
这位大哥心不错，
怕俺酒后闯大祸。
明知是祸也要闯，
宁肯拼个死，
也不跪着活！

那人知道于山不肯吐真情，
早知底细话挑明，
"你饮烈酒学武松，

景阳冈上除害虫；
可惜这里不是景阳冈，
阎王殿上恶鬼凶，
大鬼小鬼连成伙，
你单枪匹马事难成！"

一席话说得老于头脑清，
好像酒醉才苏醒。
两人越唠越近乎，
"忘问大哥姓和名？"

"木帮喊我周先生，
走方治病谋营生。
我看老弟气色不大对，
既然看到就得提个醒…"

于山口呼："周大哥，
兄弟遇事心不明，
今后请你多指点，
治治我这毛躁病！"

第七章　治把头

1

老冬天，

没有雪，没有风，

鸟雀冻哑嗓，

黑熊钻进树窟窿，

长白山出现哑巴冷。

天池瀑布溅百尺啊，

冻成玉柱结了冰……

汉奸把头催上工，

工人披上麻袋片，

腰间紧缠树皮绳，

身子就往风里送。

干到晌午错，

肚子早就空，

啃一口糠饼子，

它冻得比石头还硬！

日落天黑看不清，

工头这才准收工。

说收工，走不动，

两腿冻僵硬。

进工棚不敢烤手脚，

凉水提半桶，

轮流伸进捂一捂，

寒气换出水结冰……

2

"小山东"哪懂山里受苦经，

冻脚伸进灶火坑，

"老海南"一眼没照到啊，

孩子烤烂了脚趾不知疼！

第二天"小山东"脚疼难下地，

把头强迫他出工，

孩子咬牙移两步，

一头栽到地当中。

阎把头就势踢两脚：
"这点冻伤也算病？！"

做饭的师傅来讲情，
领到火房去打零。
阎把头看他劈柴少，
拿起栟子头上轰。
孩子痛极还了手，
举起斧头要拼命。

把头大骂"反了天"，
转身喊来亲外甥。
亲外甥李富林，
他给洋大柜当监工，
五花大绑"小山东"，
放在火上动毒刑。

木帮上前讨人情，
阎把头说啥不答应，
要拿孩子立门风：

"家有家法,
铺有铺规,
谁敢破坏老章程?!"

老章程,老章程,
逼着工人当牲灵!
老章程,老章程,
辈辈受苦辈辈穷!

木帮的血啊,
木帮的肉啊,
火上烤着木帮的心,
"老海南"眼里冒火星,
先救孩子后讲情:
"把头要烤先烤我,
虐待孤儿天不容!"

阎把头气汹汹.
朝着"老海南"瞪眼睛:
"这个闲事你少管,

莫怪阎某没交情！”

“老海南”怒火升，
夺过桦子火里扔。
把头恼怒掏手枪，
老人扯开衣领敞开胸：
“你小子有种朝这打，
别欺负个孩子逞威风！”

木帮兄弟气不公，
个个斧子手中擎：
“要动手，大家都上手，
谁怕你拿支破枪逞英雄！”

账房先生一看事闹大，
假装和事作调停：
“诸位都请消消火，
别因为个孩子闹脸红。”
阎把头也怕犯众怒，
借个台阶退屋中。

"老海南"抱起"小山东"，
人已烧伤唤不醒。
木帮个个怒未平，
"不给治伤就罢工！"

"二鬼子"李富林，
传下洋大柜的令：
"闹事的不答应，
谁不出工送宪兵……"

3

天将明，日将升，
有件奇事木帮惊——
三只老虎下山把门封。
一只坐在牛棚里，
一只蹲在院当中，
还有一只来回遛，
把住大门不放行。

阎把头，发了蒙，
又烧香，又上供，
说什么"开山没把山神敬，
派下老虎要供奉，
抖抖威风显显灵……"

他威吓工人要服从：
"敬神敬鬼敬领工，
谁敢破坏老章程，
老天要降大灾星！"

"老海南"不听这些迷信令，
一语道真情：
"山里有神兵，
才把虎豹惊……"
这句话像明灯，
照得人心红……

4

冬天火是伴儿，

"老海南"好像一盆炭，

他的话语人心暖，

长志气，生虎胆，

莽莽松林如刀剑，

"雄兵埋十万；

老林挖参亲眼见……"

"老海南"，讲抗联，

工人听了多壮胆，

中华还有英雄汉！

阎把头听见心胆寒，

鬼子跟前去告密，

"老海南"和游击队有勾连…"

"老海南"被捕坐牢监，

生死扔一边。

十八层地狱算个啥，

五十年当牛马，
都住阎王殿。

夹棍夹，
电刑电，
"老海南"咬牙关。
宁肯骨头断，
腰杆不能弯，
临死没有吐出一个字，
鬼子刀下不眨眼。

5

山下来个走方周先生，
专治跌打火烧伤，
这个先生医道好，
手里有仙方。
于山引他进木场，
抢救病危小木帮，
先生瞧病问情况，

来龙去脉问端详——
怎得的病？
怎烧的伤？
日寇把头怎害咱木帮，
对症下药出良方。

长白山草药熬苦水，
周先生亲手煎药又洗伤，
护理病人情深厚，
工人疾苦倍体谅。
人为什么会害病？
国为什么会灭亡？
工农为什么受压迫？
把头汉奸为什么敢猖狂？
除这病根先生有药方。

说着病理治着伤，
革命的道理暗中藏。
"小山东"眼睛亮，
心里开了两扇窗。

先生临行留下一副去根药——
武装抗日刀对枪。

"小山东"，病体强，
周先生的话儿记心上，
莫非他是抗联探木帮？
"小山东"做梦都把抗联当。

6

"小山东"正做梦，
外边响起枪炮声，
轰隆隆——
鬼子炮楼起了空！

阎把头听见枪声响，
好像老鼠藏进洞，
木帮听见枪声响，
好像除夕过年鞭炮鸣。

抓住汉奸孙大柜，
当众宣布他罪行，
恶贯满盈遭枪毙，
木帮心里去块病。

"小山东"接神兵，
神兵从天降，
开仓库，发衣裳，
周济穷木帮。
扛大米，背白面，
山里像过年！

有个小兵十五六，
木帮里边做宣传，
革命道理讲得好，
"小山东"紧跟他后边。
比比个儿般对般，
摸摸枪儿轻掂掂，
人家上山打日本，
咱在山沟住牢监……

抗联转移木帮送，
"小山东"一送不回程：
"大叔大叔收下我，
跋山涉水我能行⋯⋯"
木帮跟去的日日多，
小鬼子天下不太平。

7

老周常来探木帮，
行医舍药为哪桩？
阎把头起疑心，
眼睛盯在他身上。
"工人同他有来往，
再不买我阎某的账。
木帮里肯定有高明人，
常为工人拿主张。
这个走方先生实可疑，
莫非是个共产党？"

阎把头暗中派人去摸底，
没有探出真情况。
工人都夸周先生医道好，
救活不少病木帮。

阎把头决定亲自出马，
试试他的医道救世方。
他佯装患病炕上躺，
呼人去请走方郎。

8

周波同志医道是内行，
祖宗三代开过济世老药房。
为了真正来"济世"，
三〇年参加中国共产党。
"九一八"事变党派他回家乡，
长白山上把日抗。
党派他发动工人参加游击队，
他背起药箱串木帮，
长白林海都走遍，

革命思想播四方。

老周手提药箱进柜房，
虎穴狼窝只身闯，
阎把头如虎卧在床，
豺狼爪牙站两旁。
只要周波诊断有破绽，
打手马上动刀枪。

老周举止稳如山，
哪怕大海起狂浪，
敌人摆下杀人场，
老周含笑进病房！

放下药箱来诊脉，
三点脉门述症状：
"病人脉搏不稳当，
心有愧事六神慌。
你得的本是黑心症，
打针吃药空操忙。

只要你心归正道邪气散，
病愈自然寿命长。
若不听医嘱引外鬼，
神医到此也无方！"

点破心病乱主张，
阎把头两眼放凶光，
抬头望望窗户外，
围了工人一大帮，
人人手中攥着一把斧，
阎把头只觉脖子凉。
老周指问猛增三分力，
紧按脉门断阴阳；
"良药苦口利于病，
内中病理细思量，
病人切忌动肝火，
神兵到此绝没好下场！"

老周一言如雷炸，
阎把头听了心发麻。

一定是抗联神兵到，
这个先生来历大！

这味苦药真灵验，
阎把头虚汗直冒手冰凉。
医生走了多时他心还跳，
好似罪犯过大堂。

第八章　密林中

1

老周忽然离临江．
说是买药去南方。
过了两年才转来，
带来的消息惊木帮。
华北敌寇大举进攻解放区，
蒋介石退到四川不抵抗，
关东军关内去增援，
梦想亡我中华蛇吞象。

山本兵团增调几个师，
兵车趟趟开往鸭绿江，
先消灭长白山抗联游击队，
再往关里遣兵将。

这个急信马上送山里，
好叫亲人早提防。
老周想到于山人可靠，
何不派他跑一趟。
山里道路他熟悉，
三年教育觉悟高。

于山听说当交通，
二话未说备行装。
为救抗联出险境，
跑跑道儿理应当。

怀里揣着老周亲笔信，
党的指示心坎里藏。
事不宜迟连夜走，

闯过卡哨鬼子打起枪……

顶着老北风，
插进大雪瓮，
身后有犬吠，
头上有枪声……

雪深，风大，
夜黑，路滑……
这一切，
反倒帮助了他，
把追赶他的警犬警察，
远远地扔在山底下。

钻进老林像到家，
于山再不怕什么。
破棉袄，汗水溻，
他披一身冰雪似胄甲。
长白山，如战马，
大森林，高举刀枪欢迎他。

2

于山进老林，

摸索三四天，

怀揣密信急如火，

于山不觉寒。

密林深处找到接头点，

口哨响三遍，

树上跳下两个人，

都是背枪的庄稼汉。

盘问又盘问，

打量又打量，

疑是汉奸巧化装，

脚底搜到头顶上。

于山指着腿肚给他们看，

痉挛突起赶河伤①，

张嘴又给看牙齿，

①赶河伤：流送工人整年在河上劳动的一种职业病。

颗颗进瓷①是木帮。

是木帮！是木帮！

好似亲人转家乡，

同志领他进营房。

进营房，

按照规定眼睛先蒙上。

笑眼蒙，笑口张，

仿佛看见山里起红光。

快见同志快见党，

心急只怨山路长。

见到队长交上信，

党的指示信中详：

"迅速转移避敌主力，

破坏交通扰乱敌后方。"

战士个个备行装，

忙着开饭好移防。

①进瓷：木帮在寒冬吃火烤的干粮，使牙瓷进裂。

于山被让坐上首，
同志的盛情难违抗。

端上盆熬蘑菇，
一人一份野菜汤。
鬼子汉奸顿顿是肉鱼，
抗联吃食还不如穷木帮。

队长猜知于山心，
座上畅谈抗日保家乡——
长白山里摆阵势，
鸭绿江边作战场，
辑安城里打过仗，
临江镇上缴过鬼子枪……
逢年节，更排场，
手榴弹当炮仗，
火烧炮楼灯笼亮，
别看鬼子瞎猖狂，
侵略者寿命不会长。
于山听了心高兴，

这饭吃得要比大鱼大肉香！

队伍集合要开拔，
于山告别找队长，
队长给他几个土豆当干粮，
回信腰里藏。

3

于山回到伐木场，
没有找到地下党。
老周事先已离去，
汉奸把头露凶相，
把于山抓到宪兵队，
山本队长亲自来过堂。
逼他供出抗联驻哪山？
"效忠皇军有奖赏。"

一问于山三不知，
气得山本面色黄，
鞭打脚踢全没用，

老于早把生死扔一旁。

连过两堂没口供，
又将于山关牢房，
半夜有个刑警开牢门，
叫他逃命奔北岗。
临走给他换上一身黑警服，
帮他巧伪装，
于山问他是何人？
那人自称"地下党"。

4

一气翻过三道山，
于山住脚擦擦汗，
隐隐看见身后有人跟，
近看原来是鬼子和汉奸，
于山知道受了骗，
放他为的是当引线。
北风如刀剪，
于山衣单寒，

半个身子埋雪里，
越走路越难！

一群黄狼跟身后，
雪亮的刺刀耀人眼，
往哪领？暗盘算，
引狼入室咱不干！
脚尖一转路线变，
不走平川专爬山，
爬完大山过大岭，
领着鬼子直往迷魂阵里钻。

迷魂阵，
林遮天，
消灭鬼子能上千！
今天又带强盗来送死，
不准一个活着逃出山！

鬼子冻得直龇牙，
于山看着暗喜欢。

放着樱花三岛不去住，
冻死饿死你在长白山！

一进老林没有边，
看不着太阳看不见天，
指南针没有用，
转来转去麻达山①。

夜宿老林风雪天，
松涛滚滚惊敌胆。
一个伪军枪走火，
疑是抗联袭营盘。
鬼子叫，伪军喊，
几百野兽炸了圈。
于山乘着人慌乱，
钻进密林奔高山。

五天后转到接头地，
想把敌情报抗联，

① 麻达山：在山里迷路。

口哨响，没杜鹃，

只找到破锅一口斧一面。

见旧物，增思念，

我同抗联一锅吃过饭，

不知亲人去哪里，

寒风阵阵好孤单！

5

太阳入林雀蒙眼，

忙搭地仓子遮风寒，

老于肚里没有食，

回身又把冻蘑菇捡。

掏出火绒火石打火镰，

抗联的破锅架上边。

火是伴儿烟壮胆，

山牲口嗅到烟火气味都避远。

树叶当被褥，

山林冬夜寒，

下一步路途怎么走，
于山心像没底船。

回木帮吧，
那里有仇人和坏蛋；
回老家吧，
没有证件闯不过山海关……

6

老林子，阴森森，
于山成了隔世人。
白天做乱梦，
夜晚幻象真，
早晨推门看，
周围都是山牲口蹄子印儿。

没远亲，没近邻，
野兽群里争生存。
衣食全靠一把斧，

黑瞎子沟暂存身。

森林是高墙，
虎豹来守门，
山林警察腿再长，
也不敢朝这伸。

草木识春秋，
日月记时辰，
近水捞鱼虾，
靠山吃山林。
不受官府气，
不用纳税银，
宁肯在山里当野人，
决不投降当顺民！

第九章　新　生

1

开春冰雪化，

百草发青芽。
鹿吃还阳草，
成群结队满山跑。

木帮养鹿不用圈，
鹿圈就是长白山.
只要发现鹿蹄迹，
傻子才不撵。

一架茸角血来换，
脚下血泡腿上疤，
嚼着干粮脚不停，
滚坡滑雪算歇乏。

鹿有千年寿，
薄冰厚雪是关口。
于山追得鹿蹄都出
血，
星星点点雪上流……

三天竞走见输赢，
小鹿低头献鹿茸，
割下茸角又放生，
来年再生个"四平顶"。

2

抗联一去没音信，
山里不能再久蹲，
这架茸角是上品，
兑换银钱寻亲人。

于山背着鹿茸找镇店，
三百里外见人烟，
远远听见炮声响，
莫非鬼子又剿山？
头上飞机一排排，
黑头苍蝇瞎转转。

老于回到黑瞎子沟，
鸟不鸣来松鸡也不叫，

四野静悄悄，
连只小兽都见不到。
小兽都遁逃，
并非好预兆。
不是来大兽，
就是遭兵扰。

于山走近仔细瞧，
自己的小屋门开着，
门前留下人脚印儿，
莫非来过狗强盗？
于山躲在林里观动静，
等到天黑连个人影没见着！

于山进屋吓一跳，
有个死人炕上倒！
一副担架戳门后，
炕台放着一顶伪警帽。
于山已猜出七八分，
定是伪军病死被扔掉。

屋里土豆被吃光，
几张狼皮也不见。
是谁把黑狗子赶到山里来？
好像丧家犬！
莫非伪满垮了台？
树倒猢狲散！

3

几夏风雨几冬寒，
寒来暑往不记年。
于山忽然患重病，
多少亲人好似在眼前——

"小山东"推门进，
后跟"老海南"……
好像银兰江边站，
一阵狂风吹不见……
老周忽然下高山，
手提药箱探伙伴……

亲人散去虎狼来，

四周都是野兽窜，

虎豹狼虫找他来索命，

黑瞎子同他盘肠战……

头晕沉，眼睛花，

天池边上遇到一苗"二甲"①，

挖呀，挖呀，

挖出宝参好回家……

病人发烧多梦幻，

视觉已错乱。

外面风雪大。

地窖子要刮塌，

哗啦一声门大开。

一阵风雪扑进来。

———————————

①二甲：三年生人参。

4

于山熬过多少风雪夜？
无法知晓无法算，
地窖子里没柴米，
久久断炊烟。
豺豹等在门外，
渴望有顿饱餐。
于山挣扎难爬起，
只等血凝气丝断。

仿佛有人进小屋，
小屋变得格外暖。
于山浑身血脉通，
慢慢苏醒睁开眼。
屋里进来俩生人，
眼前刀光闪，
这个蹲着去烧火，
那个淘米又煮饭……
听，他二人悄悄话，

"就是他，抬下山！"

于山好似坐刑车，
又像驾云升了天。

5

于山再睁眼，
已把天地换！

一位姑娘床头站，
草绿军装白罩衫，
熟悉的身影亲人的脸，
貌似妻子刘银兰……
是梦境？
是虚幻？
是天堂？
是人间？
于山病势沉重难分辨！

病人已苏醒，
姑娘睁大喜悦的眼睛，
大伯大伯叫连声：
"大伯初来伤势重，
七天七夜人事不省，
周政委进山去剿匪，
认出您是抗联老交通……"
于山听罢热泪盈。

6

军号响彻长白山，
于山手扶床头起身站，
好像九死得新生。
重新踏步来人间……

姑娘护理围床转。
银兰母女现眼前。
女儿年纪也是这般……
于山有心细打听，

姑娘名叫王凤莲，
家住凤城把军参。
虽说同名不同姓，
也像骨肉身上连。

7

伤员伤愈返前线，
于山也要求把军参，
医生说啥也不同意，
他起身要找医院政委谈。
政委刚从前线返回来，
没等落脚老于闯上前，
一声政委还没喊出口，
对方早把于山同志唤。

原来政委是老周，
多年老友喜相见！
大手紧握久相看，
打量同志变没变？

老周鬓角挂霜雪，
于山头上银丝添。
风霜雨雪常相伴，
苍松翠柏耐冬寒。

一路走着唠不停，
老周忙叙别后情，
"红区白区闹革命，
解放东北又带兵。
战场上负了伤。
伤好派我当医生。
党叫干啥就干啥，
学文习武同是为革命。"
一席话说得老于脸发红，
要想请战舌头硬，
多年没受党教育，
又犯毛躁老毛病！

"老于呀，你要出院我赞成，
木帮斧子不能扔，

当年用它斗把头，

今后用它立新功！

长白山、峰连峰，

建设祖国需要你这根老红松！"

第十章　新场长

1

伐木场好荒凉，

房倒屋塌窝虎狼，

夜间来了一猛兽。

把条小牛给嚼光！

松树风声响，

老山沟子阴沉沉，

树大遮太阳！

山下土改分地又分房，

有的工人想改行。

伐木的苦头已吃够，

回家种地当老庄。

人民政府派来工作队，

木帮于山当队长。

进场就到工棚子，

狍皮铺在工友旁。

可惜当年伙伴没一个，

散的散来亡的亡。

老于抱把柴火烧灶火，

又和工人唠家常。

"原来于队长也是老木帮！"

工人围他坐满炕。

说短又道长，

都骂阎把头是阎王。

阎把头又回老山里，

"劳资两利"挂嘴上，

剥削工人换招法儿，

提高工资拉大网。

水涨船高物价涨，

羊毛出在羊身上！

开设赌局骗工人，

仍然干着老本行。

他手头囤积木材上万米，

不肯放手憋着木价涨。

2

听说工作队长是于山，

阎把头如同坐针毡。

托人说和又道歉，

请帖里边夹着钱。

"不看金面看佛面，

兄弟恭候请赏脸。"

管账先生来周旋，

"旧债劳金加倍还……"

把头酒，没好酒，

把头宴，无好宴，

把头酒肉要拿心肝换，

老于有经验，

请帖退回不受骗！

3

阎把头，耳朵长，

听说局里派个新场长，

迎接上司忙铺张，

制家具，修洋房，

偷偷叫来个臭婆娘，

"好好打扮迎候新场

长。"

阎把头，迎场长，

一天两三趟。

小火车进站他四下望，

下车的人他都看遍，

哪个也不像场长样儿！

回场才听说，

场长就在货车上。

他同工人来卸粮，

阎把头心里好懊丧：

"场长不像个场长样儿，

扛个口袋像脚行①！"
全木场都在讲场长，
工棚子里边闹嚷嚷，
这个场长真格路——
没带兵，没带将，
不住洋房睡地窨，
不找把头靠木帮。
有的说，场长也是大老粗，
扛过枪杆负过伤，
没官架，没排场，
干起活来像打仗。
道理讲得人心亮，
木帮苦处他体谅。

4

于山没去接场长，
身子绑山头上。

---

①脚行：旧社会搬运工的称呼。

当年放树板斧又操起，
伐倒红松作桥梁。
老于举起板斧把树放，
有个同志上山冈。
他挽挽袖子搓搓掌，
见活不干闲得慌。
你看他大斧一落四山应，
好似千斧万斧叫山响。
斧子抡得风车转，
木头渣子溅四方。

老于兴头也上来，
喜逢对手艺高强。
斧不虚发快又准，
力气使在斧刃上，
树那边的同志更洒脱，
半斧不把老于让。

双斧对放有名堂——
金斧银斧元宝桩。

于山隔树看不清，
听听斧音是内行。
如今的工人惯使锯，
会砍板斧必是老木帮，

二人对放不一会儿，
两搂多粗大树已摇晃；
"顺山倒！顺山倒！"
一个喊来一个唱。
不倒东来不倒西，
找个树空枕山梁。
嘿，一棵幼树也没伤，
俩人一对老内行！

大树放倒擦把汗。
于山心中暗夸奖：
"这位同志不简单，
文的武的都在行！"

那人也朝这边望。

上上下下细打量，
大手忽然握住老于山：
大叔大叔叫得响。
于山听话音挺熟，
好似亲人在身旁。

同志头戴一顶军人帽，
风吹雨打色褪光。
身穿一套荣军装，
想必战场负过伤，
家做布鞋补又掌，
南征北战路途长！
黑红的笑脸亲又亲，
说话不改山里腔，
老于看了多时不敢认，
又搔脑袋又端详。

"您老人家莫着急，
早年的事情慢慢想，
我跟大叔学过活儿，

放排跑过鸭绿江……"

一句话提醒老于山,
十多年前往事涌心上——
"小山东"呀小木帮,
成长就在鸭绿江。
可怜的孩子胎里苦,
从小丧了爹和娘,
捂冬露夏光着腚,
人生苦处过早尝!
烈火里烤,冰水里趟,
如今千锤百炼成了钢。
"孩子你为何离开咱部队,
深山老林探木帮?"

"解放东北打老蒋,
临江战役负过伤,
解放事业不能忘,
党又委派我肖山东回木帮。"

于山听完泪两行，

悲喜交集口难张！

久别重逢话儿长，

一直唠到天光亮。

东方亮，西方亮，

深山老林出太阳。

第十一章　开山放树先打狼

1

一场山火逞凶狂，

工人们灭火斗志强。

分析火源断敌情，

于山找到肖场长。

工人检举一封信：

一根大棍画纸上！

旁边又画几双眼，

那是让人多提防。

支部会上摆情况，
于山首先说端详。
阎大棍子不死心，
山火肯定是他放。
大伙很快做决定：
开山放树先打狼！

于山散会往回走，
夜深风大雨不停。
肖场长把枪交于山，
"大叔走路要警醒！"

穿过松树林，
察觉草窠动，
身后蹿出一黑影，
举起斧头来势凶。

于山认出是"二鬼子"
李富林，
阎把头的亲外甥，

这个匪徒原来躲在木场里！
仇人见面眼睛红。

老于手枪喷怒火，
李匪臂上中弹窜林中，
肖场长听见枪响忙赶来，
根据敌情作决定：
"大叔领人先把阎把头看起来，
别让恶霸逃山中，
我去追捕'二鬼子'，
这个匪徒可能越国境。"

于山领人去捉阎把头，
推开房门扑个空，
看来敌人有准备，
几个坏蛋全失踪。

肖场长领人去追李富林，
顺着脚印翻山岭，
一直追到天光亮，

足迹已经越国境。

2

全场上下急动员，
捉拿坏蛋紧搜山。
阎大把头休想逃，
血海冤仇要清算！

翻过山梁望见河，
当年赶河冰水寒。
阎把头在这横行霸道，
河水滔滔诉苦冤！

于山就在河边站，
岸边无风草浪翻。
莫非躲藏什么兽？
还是坏人藏中间？

于山摸到跟前仔细看，
正是阎大把头狗汉奸！

工人捕狼恶人惊，
猫在草里等黑天。

于山端枪一声喊，
阎把头狗急跳墙河里钻。
于山随后跳下水，
你死我活浪里翻。

清清河水绿变黄，
静静江流翻巨浪，
百年仇恨千年账，
这里就是清算场！
阎把头想冒出水面缓口气，
于山紧卡咽喉手不放。
多少木帮惨死在河里，
这种滋味你尝尝！

肖山东领人赶到河岸，
阎把头已是一条垂死狼，
场长提醒"要活的！"

从把头肚里空出水一汪。

3

斗争大会好威风，
松枝火把照工棚，
共产党来领导，
好人坏人阵线清。
谁喝工人血？
谁害木帮命？
谁当汉奸作帮凶？
群众心里明。

谁是金？谁是铜？
谁是铁打钢铸成？
斗争会上见分明！
工人仇恨深似海，
吐出的苦水像山洪，
山作证，水作证，
阎把头坑害多少工人命！

山是白骨堆，
江是血流成！
陷害木帮"老海南"，
酷刑毒打"小山东"。
日伪倒台他又投老蒋，
明装好人暗反共。

阎把头会上想抵赖，
肖场长跳上台，
木帮身份露出来，
"'小山东'他人在伤也在！"
肖场长解开衣扣大家看，
伤痕累累记血债！

斗争怒火万丈高，
工人们一个个跳上台。
"九条人命死你手
江水暴涨你逼工人去放排！"
"告密捉走'老海南'，
多少好人你坑害！"

"贼心不死你又放火，
想把山林来破坏！"
"铁证如山休抵赖，
快把你的反革命罪行交出来！"

交出来！交出来！
木帮的吼声似瀑哨；
交出来！交出来！
工人的怒气排山又倒海！

反动把头低下头，
伐木工人把头抬，
东方出了红太阳，
山里雾散云也开。

4

从前开山先祭虎，
今天打狼庆开山，
巨斧举到半空中，
咚咚山响震云天。

支援前线打老蒋，
于山领人进了山。
革命热情融霜雪，
阶级觉悟胜天寒。
走散的工人归了队，
人民政府来打扮。
一身棉，两身单，
牛皮乌拉脚上穿。
红旗前面来引路，
吹吹打打歌声传。

山外锣鼓闹，
鸣鞭又放炮，
打的翻身旗，
吹的解放号。
支援前线打老蒋，
农民兄弟来报到！
人马不断流，
牛车满山道。
长白山盘三盘，

鸭绿江绕三绕！
手里使的开山斧，
放倒东山伐西山，
好比秋收动刀镰，
木头垛得顶破天！

5

修复铁路需木材，
军事任务多紧迫，
伐下来的木头走大江，
组织伐木工人去放排。
这项工作交于山，
"排上人手你安排。"
谁会串跟谁会放排？
谁识风浪把棹摆？"
老于选的是栋梁柱啊，
好山好水出人才。

"七九"一过江河开，

金浪银浪滚滚来。

老于下令排启程,

自家放的是头排。

江风吹开赤胸膛,

红松白松摆大江。

红旗插在排上头,

飞棹劈恶浪。

过临江, 奔辑安,

人不离马, 马不离鞍,

挑起红灯过险滩,

任务紧急连夜赶。

赶到安东天黎明.

木帮看见解放城!

长白山下水多绿啊.

安东城头旗更红!

卸下木材铺铁路呵。

一铺铺到北京城!

第十二章　天池认女

1

肖山东调局里，

老于工作变，

工人称他于场长，

他真有些听不惯！

老跑腿子难改老习惯，

办公室里影不见，

一张狍皮一把斧，

山上山下满林串。

走到哪里哪是家，

住的地方三天两头换！

这个工棚蹲两宿，

那个作业点上干几天。

脱产干部不脱产，

见活儿就想插手干。

他的月份牌上没有星期天，

每到假日就把工人家属探。

谁说老于没有家，

老于的家庭大无边。

今天又是星期天，

一大早就来电话请于山，

听着电话真高兴，

肖山东要把喜事办，

对象是位女医生，

不住大城爱老山。

老于来到工人村，

看见工人房舍新，

松木梁柱松柁托，

松木门窗阳光多，

小房盖得多结实，

一看就是木帮干的活儿！

一样的新屋一样的墙，

哪家都像新人房。

老于进村迷了向，

心中可是喜洋洋！

肖山东迎出把客让。
老于进屋四下望：
"怎不见新娘？"
"邻居大嫂要分娩，
她去助产帮个忙……"

没见新人喜三分，
于山点头暗夸奖——
小肖眼力好哇，
找个好对象！

2

肖山东成家净光光，
还是在部队那套老家当。
行李一放安好家，
好像行军宿营房。
年轻人看见都称颂．
老木帮看见可心疼；
这个帮他打张桌，

那个帮他钉个凳。

没有婆家人。

没有娘家客,

新郎新娘从小是孤儿,

苦水泡大受苦多。

木帮就是婆家人,

木帮就是娘家客!

工人都是亲手足,

里里外外紧张罗。

山柴烧得噼啪响,

工人大嫂把火升,

阶级姐妹多亲热,

新房烧得暖烘烘!

打开松木小锅盖儿,

锅里是松蘑炖着松鸡块儿,

锅底下烧的是松木桦儿,

木帮吃惯木头饭儿!

这时新娘进门来，
于山认出是王凤莲，
从前住院多亏她护理，
熟人见面格外喜欢。
凤莲连声喊"大叔，
欢迎你这位老抗联。"

年老木帮见到于场长，
不称场长喊于山，
凤莲听了心一动：
"大叔和我生父同姓名，
莫非父亲遇难又生还？"

3

肖山东家里摆喜宴，
头一碗，
端上野味和山牲，
都是山神敬；
二一碗，

是鲤鱼，
江龙王来送礼；
三一碗，
把喜饺端，
团圆饺子阖家欢。

于山尝了一个水饺有滋味。
吃了两个见腥膻。
老于放下筷子碗，
推说肚子都被酒菜占。

凤莲哪肯依，
又把新煮的饺子往上端；
"大叔吃过虎肉，
吃过豹肉，
怎能嫌弃牛肉膻？"

一句话提醒肖山东：
"大叔不吃牛肉是纪念。"
他当着宾客讲当年：

"大叔三道沟里去集材。

牛拖木头搬了面。

幸亏花牛用角给顶住，

大叔跳过原木才脱险。

可怜花牛顶不住，

牛和木头一齐摔下老山涧……

大叔从此不再吃牛肉，

一直到今天……"

凤莲听了这故事，

想起她父亲老于山：

母亲生前也讲过花牛救主的事，

两人遭遇是一般。

莫非于场长是我生身父，

落难又生还?

这时不认何时认?

这时不谈何时谈?

凤莲改口把爹喊，

老于怔住未敢应：

"你是我女儿怎姓王?

你生在哪年哪月哪一天？"

"我娘闺名叫银兰，

我生在山东下河滩，

生日就是黄河决口那一天！

三岁跟娘来寻父，

父亲名字叫于山，

听说放排遇了难，

孤儿寡母受熬煎！

阎把头冒名领去葬老金，

还想把我们母女往火坑填！

我娘更名改姓逃出安东县，

我十岁那年母亲病死在大孤山，

解放后，我参了军，

在部队当了卫生员……"

凤莲说完翻箱柜，

取出一件破衣衫，

补丁上边加补丁，

针线连来针线穿……

于山见衣衫想起当年，

新婚仨月离海南，
家里没有一尺布啊，
把她长衫改短衫；
银兰灯下赶活计，
去闯关东好遮寒，
衣上滴滴青春泪呀，
于山在外贴身穿。
"老海南"没衣衫，
于山给他披上过冬天。
今天回到亲人手，
物还原主好心酸。

鸭绿江边认下亲生女，
泪眼模糊梦一般！
梦一般，梦一般！
席上又将喜气添！
于凤莲，二十三，
头回把爹喊，
叫得宾客泪水洒喜宴。

4

叫凤莲，

重将酒温，

今天我老于是主不是宾，

江边认女来主婚。

老木帮把酒斟，

高高举起过眉心。

头杯酒，谢宾客；

木帮贺喜情意深。

团结起来建设新中国，

继续革命向前进。

二杯酒，勉儿孙，

祝福一代青年人，

创业艰，守业难。

做好革命接班人。

东邻西舍传佳话，

拥拥挤挤看新人，

看新人，

新人多英俊！

夜来到，

灯火笑，

满屋喜星照！

推开窗帘往外看，

长白山下银光闪，

说近真近，

说远真远……

并非天上星辰，

是银灯万盏，

并非天池多梦幻，

幸福降人间……

尾　声

山里小狗叫汪汪，

欢迎老木帮，

东家请，西家让，

小孩过来拉衣裳：

老爷爷，讲一讲，

当年放排鸭绿江，
长白山上打豺狼。

老木帮退职不退休，
养老院当成育林场，
眼看晚秋地发黄，
领着孩子上山冈，
采松子，栽树秧。
整天到晚忙，
苗成垄，树成行，
像种庄田一般样，
忙种"子孙粮"。
长白山下栽杨柳，
杨柳垂青枝叶长。
鸭绿江上唱木帮，
世世代代永不忘。

作于 1957 年 7 月—1980 年 10 月